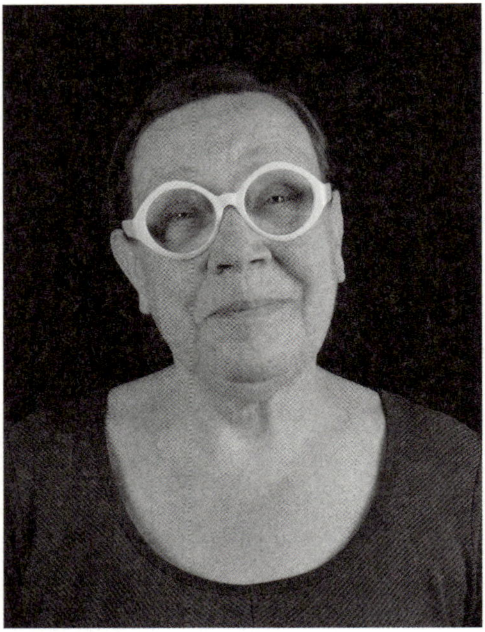

© Ernst Achrer

EL AWADALLA

Geb. 1956 in Nickelsdorf/Burgenland, lebt in Wien. War in diversen Berufen tätig, u. a. als Buchhalterin, Putzfrau, Erntehelferin. Mitarbeiterin der Dokumentationsstelle für neuere österreichische Literatur, Vorsitzende der ÖDA (Österreichische DialektautorInnen), Leiterin des Kulturprogramms im *Siebenstern*. Veranstalterin der Widerstandslesungen gemeinsam mit Traude Korosa. 2005 trat sie als Kandidatin bei der *Millionenshow* mit Armin Assinger auf und konnte alle Fragen beantworten. Viele Publikationen, darunter: *Mein Weg zur Million* (2005), *Seawas, grüssi, salamaleikum. Tiefe und tiefgründige Dialoge in der U-Bahn* (Milena), *Seawas, bist a krank? Tiefe und tiefgründige Dialoge im Krankenhaus* (Milena).

El Awadalla

ZU VIELE PUTZFRAUEN

Ein Wiener Krimi

✶ Nach einer wahren Begebenheit ✶

✶ Mit Glossar im Anhang ✶

MILENA

Josef Gruber hat einen guten Überblick über sämtliche Mietparteien im Haus. Die, die immer mit dem Lift vorbeifahren, beobachtet er über seine Spiegel. Bei dem Studenten im sechsten Stock ist eine Frau eingezogen, vermutlich seine Freundin. Gruber hat sie schon oft gesehen, aber nun scheint sie hier zu wohnen. Er weiß noch nicht, ob ihm das gefällt. Das Haus ist seine Welt, über die er alles wissen will.

Ein anderes Gesicht, ein schon bekanntes, ist in den letzten Tagen auch wieder aufgetaucht: Die frühere Putzfrau der alten Auinger hat er ein paar Mal gesehen. Er hat sein Spiegelsystem so eingestellt, dass er gleichzeitig Spiegel und Fernseher im Auge haben kann. So überblickt er fast die ganze Gasse und sogar ein kleines Stückerl vom Brunnenmarkt.

Christian, der Student aus dem sechsten Stock, und seine Freundin suchen seit ungefähr einem Jahr ein Geschäftslokal für Lenas zukünftige Galerie. Er sucht im Internet, nächtelang, sie telefoniert stundenlang. Christian bringt Tee, frisch, heiß und mit Sojamilch, manchmal trinkt er selber die Hälfte, bevor er ihr das Häferl hinstellt. Gassenlokale gibt's wieder einmal keine in den billigen Klassen, also scrollt er ein paar Seiten weiter zu den Gewerbelokalen, was so viel wie Kellerloch heißt. Nix. Ottakring wird gerade gentrifiziert. Jede alte Hütte wird aufgehübscht und dann entsprechend teuer angeboten. Das vis-à-vis-Haus war bis vor Kurzem eine alte gepölzte Bruchbude, jetzt ist es blitzblank hergerichtet und von hoffnungsfrohen jungen Leuten bewohnt.

Christian lebt in einem Haus voller Eigentumswohnungen. Seine Eltern haben sich vor Jahren einreden lassen, sie könnten mit dieser Wohnung reich werden.

Vor ein paar Wochen hat Christian in der Auslage eines Frisiersalons auf der Thaliastraße einen Zettel in der Auslage gesehen: *Frisiersalon mit Wohnmöglichkeit um 25.000 Euro Geschäftsablöse.* Erschwinglich. Leider ist gerade Sonntag, der Salon Renate also geschlossen. Er fotografiert die Telefonnummer.

Lena ruft gleich am Montag in der Früh an. »Meier«, meldet sich ein Mann, Lena darf vorbeikommen, wann immer sie will. Sie will gleich morgen am Nachmittag.

Christian verlässt sich wie immer auf Lenas praktischen Verstand und geht nicht mit.

Lena betritt den leeren Frisiersalon, das Ehepaar Meier erscheint in der Tür zum Hinterzimmer. Er übernimmt die Führung, sie bleibt im Geschäft. Das zukünftige Atelier besteht aus dem Frisiersalon, einem Hinterzimmer und einer zusätzlichen Zimmer-Küche-Wohnung, Klo auf dem Gang. Die Miete soll 1350 Euro ausmachen, alles erschwinglich. Arbeit braucht das Ganze genug: eine Wand umlegen, eine Wand aufstellen, Fußboden herrichten, wahrscheinlich neu verputzen, sicher neu ausmalen.

Lena sagt, sie müsse noch ihren Mann fragen. Freund, fällt ihr ein, klingt für die Friseurin oder den Hausherrn vielleicht nicht überzeugend genug, *Lebensgefährte* gefällt ihr nicht, *Mann* übrigens auch nicht, hat aber auf manche Leute die richtige Wirkung. Zu *Gatte* wird sie sich nie durchringen können, weil das nach bespringenden Hengsten klingt.

Sie verspricht am nächsten Tag anzurufen, zuzusagen oder abzusagen. Agnes Meier drängt auf eine schnelle Entscheidung. Ihr um einiges älterer Mann sagt: »Machen Sie das alles mit meiner Frau aus, *sie* kümmert sich um die Geldangelegenheiten.«

Christian hört sich Lenas Schilderung an, stimmt allem zu. Ein Problem ist noch zu lösen, dann kann der Vertrag abgeschlossen werden: Auf dem Sparbuch der beiden fehlen 7500 Euro. Die besprochenen 25.000 Euro Ablöse entpuppten sich im Gespräch mit den Meiers als 27.500. Das will Anges Meier nachträglich so verstanden wissen, weil ja noch 2500 Euro Mehrwertsteuer vom

Finanzamt dazukämen, daher habe sie diese nicht gleich erwähnt.

Lena will sich einen Vorschuss nehmen und ihren Bausparvertrag auflösen, das würde reichen.

Christian trifft Ingrid beim Haustor. Er erzählt ihr von der erfolgreichen Ateliersuche. Ingrid sagt, sie habe von Frau Auinger gehört, dass mit dem Meier'schen Salon etwas nicht stimme. Christian solle aufpassen und vielleicht bei der Auinger nachfragen.

Am nächsten Tag ruft Lena die Friseurin gleich in der Früh an. »Wir nehmen es.«

Doch Agnes Meier erwartet sich ein größeres Geschäft und blufft: »Ich hab da noch eine Interessentin, die will mir 3000 Euro mehr zahlen.«

»Mehr kann ich nicht«, seufzt Lena.

»Na weil ich's Ihnen schon versprochen hab, die dreitausend gibt mir dann halt die Hausbesitzerin, der gefällt Kunst sowieso besser als wieder ein Friseur, weil dann kommen bessere Leute ins Grätzl.«

Die Frau hat schlechte Nerven, stellt Lena fest: Erst handeln wollen, dann gleich nachgeben, das ist ja lächerlich.

Agnes Meier möchte am liebsten sofort Geld sehen, Lena möchte zur Sicherheit vorher noch mit dem Hausbesitzer reden. Bei der Besichtigung haben die Meiers ihn als sehr nett, freundlich und zuvorkommend beschrieben. Doch leider ist er gerade diese Woche auf Kur.

»Na, dann können wir den Vertrag erst nächste Woche machen«, sagt Lena, die vom Besitzer unbedingt hören will, dass er seine Zustimmung zum Mietvertrag gibt.

Die Meier will trotzdem sofort Geld sehen, als Zusicherung dafür, dass Lena es mit dem Geschäft auch ernst meint. Lena verspricht, am nächsten Tag die ersten 5000 Euro als Anzahlung zu bringen, gegen eine schriftliche Bestätigung selbstverständlich.

Lena bringt am nächsten Tag das Geld, die Meier krakelt eine Bestätigung auf einen Zettel, ein Termin für den Vertragsabschluss wird ausgemacht. »Nächste Woche ist der Hausbesitzer wieder da«, sagt sie, »da können S' dann auch mit ihm reden.«

Der Vertrag müsse unbedingt bis zum Monatsletzten gemacht werden, damit der Friseursalon mit Ende Februar gekündigt werden kann. Ihr Mann gehe bald in Pension, und allein will sie das Geschäft nicht weiterführen. Der Hausbesitzer habe dann auch schon den Mietvertrag dabei, verspricht sie.

Lena verlässt den Frisiersalon, in dem wie schon beim letzten Mal keine einzige Kundschaft anwesend ist.

Bis zum Monatsletzten haben Christian und Lena das ganze Geld beisammen, also noch 22.500 Euro für die Meiers und den Tausender für Janicek, den alten Hausherrn, der dann aber gleich noch drei Monatsmieten Kaution haben will – mehr will er bestimmt nicht, hatte Frau Meier beim ersten Gespräch versichert, da er wisse, dass Ablösen illegal seien und zu Schwierigkeiten führen könnten. Sie müsse aber natürlich schon eine Ablöse verlangen, weil sie ja den Kundenstock verkaufe und ihren guten Namen.

Christian hat in der Zwischenzeit tatsächlich bei Franziska Auinger nachgefragt, was mit dem Frisiersalon nicht stimmt. Diese hat ihm gesteckt, dass das junge Luder (Frau Meier) sich den Alten (Herrn Meier) unter den Nagel gerissen habe, »da war seine Frau noch nicht kalt«. Und im Grätzl gehe zudem das

Gerücht, dass bei den Kundinnen der Frau Agnes, die übrigens vor der Heirat mit dem alten Meier Putzfrau war, öfter etwas verschwunden sei.

Auf der Bank dauert es ziemlich lange, bis Lena das Geld aus ihrem Bausparvertrag ausgezahlt bekommt, weil von der Bausparkassa noch nichts überwiesen wurde und daher ihr Überziehungsrahmen erhöht werden muss, doch leider ist der Zuständige, der das versprochen hat, gerade nicht auffindbar, und außerdem wäre er sowieso nur der Vertreter der Kontobetreuerin, die ausgerechnet jetzt auf Urlaub ist.

Nach mehreren Telefongesprächen zwischen Bankangestellten ist es endlich so weit: Lena kann ihr Geld abheben, draußen wartet Christian schon im Taxi.

Während der Wartezeit hat ihn die Meierin alle fünf Minuten angerufen und damit gedroht, doch noch auf die andere Interessentin zurückzugreifen.

Eine Woche später ist der Frisiersalon wieder leer, langsam kommt Lena der Verdacht, dass hier nur Friseur gespielt wird. Das Ehepaar Meier ist sehr freundlich, schüttelt Hände, bietet Kaffee an. Herr Meier geht den Hausherrn holen und kommt nicht wieder. Dafür schlurft endlich der Janicek herein.

Janicek ist ein alter Mann mit gefärbtem Schnurrbart. Er steckt in einem Arbeitsmantel, Modell Fünfzigerjahre, darunter trägt er einen Steireranzug. Er macht noch einmal eine Führung, warnt vor der vielen Arbeit, die auf Christian und Lena zukomme, sagt: »Sie können das auch umwidmen lassen als Wohnung, nur ich mach's nicht, weil mir der Papierkram zu viel ist.«

Der Ablösevertrag mit den Meiers wird unterschrieben, während Janicek abwechselnd begehrlich auf Lenas offene Brieftasche und ihren Ausschnitt schielt. Seit es den Euro gibt – Janicek rechnet immer noch alles in Schilling um –, machen solche Summen eine Brieftasche nicht mehr so dick.

Lena gibt der Meier die Bestätigung für die angezahlten fünftausend zurück und packt das restliche Geld aus. Janicek kriegt seine tausend, den Rest will er später haben. Die Miete werde er aber schon erhöhen müssen, sagt er, während er das Geld zählt. Christian und Lena wollen sich nicht aufregen, bei den heutigen Mieten ist das noch immer eine Mezzie.

Janicek fragt, ob Lena eine Bestätigung für die Kaution haben will. Natürlich will sie. Dann müsse er aber leider die Mehrwertsteuer dazurechnen, sagt er und geht mit dem Geld durchs

Hinterzimmer weg. Er kommt mit einem handgeschriebenen Zettel zurück. Dann will er Christian die Fassade zeigen, sie gehen hinaus und schauen die aufgemalten Köpfe an, die der Janicek wieder in Schönbrunner Blassgelb übermalt haben will. Im Flüsterton warnt er Christian vor der Meierin, der er alles zutrauen würde.

Lena und die Meier handeln einstweilen um den Preis für zwei Trockenhauben, die Lena von Christian zu Lampen umbauen lassen will. Die Meier möchte für jede Haube 300 Euro haben, zwei will sie um fünfhundert hergeben. Wie alles im Salon, stammen auch die Trockenhauben aus den Fünfzigerjahren, sie sind rosa und tragen den stolzen Namen »Salon superb«.

Lena zahlt 450 Euro und verlangt eine Quittung. Die Hauben müssen einstweilen an der Wand bleiben, so wie sie jetzt sind. Wenn die Meier auszieht, können Christian und Lena mit dem Umbau anfangen.

Der Janicek kommt mit Christian zurück. »Den Mietvertrag können wir aber erst am 14. Februar machen«, sagt er, »weil der Hausverwalter jetzt auf Urlaub ist und erst am 13. zurückkommt.«

Lena findet es zwar bemerkenswert, doch nicht weiter bedenklich, dass sowohl Janiceks Kur als auch der Urlaub des Hausverwalters an einem Mittwoch enden. Der Alte teilt Christian umständlich die Adresse des Verwalters mit. Die Meier bespricht inzwischen mit Lena, wie sie die Abrechnung von Telefon, Strom und Gas organisieren werden. Dann erzählt die Friseurin noch von ihren Problemen mit der Bank. Eine Bestätigung über die Ablöse gibt es nicht. Nur der Kauf der Trockenhauben ist schriftlich bestätigt. Als Christian und Lena sich verabschieden wollen, kommt tatsächlich eine Kundin zum Haareschneiden. Die Meier erklärt ihr ausführlich, dass jetzt geschlossen sei, sie solle morgen wiederkommen.

Zwei Tage später läutet schon um halb acht in der Früh das Telefon, Lena hebt verwundert ab, die Meier meldet sich flüsternd, fragt, ob sie doch noch zwei, drei Monate im Geschäft bleiben könne, da sie jetzt so viel Kundschaft habe. Lena lehnt ab, meint, sie könne jetzt nichts mehr ändern, weil ja schon Verträge abgeschlossen sind. Beim Frühstück erzählt sie Christian vom Anruf der Meier und ihrer Antwort, die er für richtig hält. Sie reden noch über Meiers seltsame Vorstellungen, als das Telefon schon wieder läutet. Sie haben noch ein richtiges Festnetztelefon aus der Zeit, als Christians Eltern hier wohnten.

Christian hebt ab und eine Frau Fuchs stellt sich als Hausbesitzerin vor. Sie möchte noch einmal achttausend Euro Kaution haben. Christian sagt ihr, mit dem Janicek seien nur viertausend ausgemacht worden, und tausend habe er außerdem schon kassiert.

Die Frau erklärt, dass das Haus ihr gehöre und der Alte gar nichts zu sagen habe.

»Übrigens«, sagt sie, »seien Sie vorsichtig mit der Meierin, das ist keine Gute.«

Zehn Minuten später ruft Janicek selber an und bestätigt die Forderung der Frau Fuchs, die sich als seine Tochter herausstellt. Die Tausend seien gar keine Kaution gewesen, sagt er, sondern die Gebühr für die Mietvertragserrichtung.

Christian und Lena spielen Möglichkeiten durch, noch mehr Geld aufzutreiben. Das wird aber zu schwierig. Wenn die Meier das Geschäft unbedingt länger als ausgemacht behalten will, muss sie ihnen eben die ganze Ablöse wieder zurückzahlen.

Lena ruft im Frisiersalon an. Sie nimmt das Gespräch auf, die Meier bemerkt nichts. Lena schlägt ihr vor, das Geld zurückzugeben, dann könne sie das Geschäft auch behalten.

»Nein«, sagt Agnes Meier traurig, »ich hab das Geld ja nicht mehr, ich hab damit den Kredit zurückgezahlt, und mir sind, ich sag's Ihnen ehrlich, von dem Ganzen nur 1600 Euro übrig geblieben.«

Lena erzählt ihr von dem Telefonat mit Frau Fuchs, das veranlasst die Friseurin zu einer ausführlichen Beschimpfung der Hausbesitzerin, die sowieso nichts zu sagen habe, weil der Alte den Mietvertrag mit Lena abgeschlossen habe und auch schon leicht verkalkt sei.

Alles Wichtige hat die Meier nun bereitwillig aufs Band gesprochen. Am nächsten Tag soll Lena schon wieder in den Frisiersalon kommen, wegen der Telefonummeldung. Bei dieser Gelegenheit will sie sich auch gleich Meiers Mietvertrag anschauen. Sie wird ihr nicht sagen, dass sie kein Festnetztelefon braucht.

Die Meier hat mit dem Geld gar keinen Kredit zurückgezahlt. Stattdessen hat sie eine Kreuzfahrt gebucht, für zwei Personen.

Lena nimmt Ingrid, die sie als Arbeitskollegin vorstellt, in den Frisiersalon mit, damit eine Zweite das Gespräch über das Geld mitanhören und, wenn später notwendig, bezeugen kann. Ingrid hat fest versprochen, nüchtern zu erscheinen. In Meiers Mietvertrag steht, dass Janicek der Hausbesitzer ist. Doch der Vertrag ist fast vierzig Jahre alt. Lena bringt die Rede aufs Geld, keiner der beiden streitet den Betrag ab. Agnes Meier rechnet wie schon am Telefon vor, wie viel ihr geblieben sei, rechnet auch noch die

Kreditzinsen mit. Ingrid hört schweigend zu, findet nur die Trockenhauben ganz toll.

Nach dem etwa halbstündigen Gespräch schreiben Ingrid und Lena etwa zwei Stunden an Gedächtnisprotokollen und finden es erstaunlich schwierig, die Dinge in die richtige Reihenfolge zu bringen.

Noch sind die verlangten achttausend Euro für die Hausbesitzerin aufzutreiben, und dann für den Janicek noch viertausend oder auch nur dreitausend, das ist noch nicht so ganz klar. Christian fordert von einem Freund eine alte Schuld ein, was leider erst tausend Euro ausmacht, Lena borgt sich dreitausend von ihrer Tante Traude aus.

Die Fuchs ruft wieder an, sie fragt Lena, ob noch Interesse am Mietvertrag bestünde, sie könne auf ihr Geld nicht verzichten, denn bisher hätten alle Mieter nur die Wände aufgerissen und seien dann ausgezogen. »Sie können da drin machen, was Sie wollen«, sagt sie und beschwert sich dann, von der Agnes Meier übergangen worden zu sein, da sie genau in jener Woche, in der der Vertrag abgeschlossen wurde, auf Urlaub gewesen sei. Doch Lena kann sich genau erinnern, dass die Friseurin bei einem ihrer Besuche erzählt hat, die Besitzerin sei gerade da, auf der Handy-Aufnahme sagte sie, sie sei vorher bei der Fuchs oben gewesen.

Zum Treffen mit dem Hausverwalter fährt Lena mit dem Taxi, weil wieder alle möglichen Leute furchtbar dringende Sachen von ihr brauchen. Mit der Straßenbahn wäre sie nie rechtzeitig zum Termin gekommen. Das Taxi steckt eine Weile im Stau, überholt trotzdem noch zwei Straßenbahnen.

Christian ist noch nicht da, Lena wartet vor dem Haus, da kommt auf einmal der Janicek, der anscheinend den Hof gekehrt hat, heraus, begrüßt sie geheimnisvoll zwinkernd, klaubt Zweige auf und bittet sie hinein. Sie sagt, sie wolle lieber hier draußen auf Christian warten, weil er das Geld eingesteckt hat.

Janicek sperrt Besen und Mistschaufel in ein Kammerl, aus dem er eine Brieftasche holt. Endlich kommt Christian, Janicek hüpft vor dem Motorrad herum, meint, Christian solle es doch in den Hof stellen, hier sei es im Weg.

Im Hausverwalterbüro sitzen zwei aufgetakelte Damen, ganz auf *Sex and the City*, nachgestellt von Kleiderbauer, getrimmt. Ein aufgedunsener Mann, etwa fünfzig Jahre alt und furchtbar wichtig, tritt auf, stellt sich als Hausverwalter vor und schüttelt Hände. Er fragt nach Christians Gewerbeschein.

»Ich hab keinen, weil ich keinen brauche«, sagt Christian.

Der Verwalter erklärt, dass ein Gewerbeschein zum Mieten eines Gewerbelokals notwendig sei, was nicht stimmt, wie Christian genau weiß. Während dieser Diskussion liest Lena, die eigentlich die Mieterin sein wird, den bereits fertig ausgestellten Mietvertrag.

Unter den Kündigungsgründen steht ausdrücklich: wohnen.

Die Diskussion um Christians Gewerbeschein dreht sich im Kreis. Lena sagt schließlich, dass sie die zukünftige Mieterin ist und den Vertrag unterschreiben wird. Der Hausverwalter ist baff. Lena sagt, sie werde rechtzeitig alle notwendigen Papiere bereithaben. Dann stellt sich heraus: Der Hausverwalter hat gar keinen Mietvertrag dabei.

»Na dann gebn S' uns das Geld zurück«, sagt Lena.

Welches Geld, es ist doch gar kein Geld geflossen, sagt der Verwalter und schmeißt die beiden hinaus.

Lena und Christian setzen sich ins nächste Lokal. *Kein Geld ist geflossen*. Lena will zu einem Anwalt gehen, den sie von ihrer Arbeit kennt, aber zuerst ruft sie die Meier an. Die weiß plötzlich auch nichts mehr von dem bereits bezahlten Geld.

Am nächsten Tag fährt Lena mit ihrem Bruder und seinem Arbeitskollegen zum Frisiersalon, um die bezahlten Trockenhauben zu holen. Lena hat ihr schreiend buntes Radio, Stil Ghettoblaster und zu einer erstaunlichen Lautstärke fähig, im Rucksack, Robschi einiges Werkzeug im nicht mehr ganz neuen Billa-Sackerl. Lena muss noch Batterien kaufen und geht ins nächste Elektrogeschäft. Dort gibt es nur eine einzige Batterie in der passenden Größe, dabei verlangt der Ghettoblaster sechs Stück. Er ist sehr retro. Im türkischen Supermarkt am Eck neben dem Frisiersalon gibt's genügend passende Batterien.

Vor dem Supermarkt erteilt Lena die letzten Anweisungen: Robschi und Hans sind ab sofort die Handwerker, die nur tun, was ihnen gesagt wird.

Punkt drei betritt Lena das Geschäft, gefolgt von ihren Handwerkern; die Meier, schon von Natur aus der Typ blasse Blondine, verfärbt sich unter ihrer Schminke sofort und deutlich sichtbar in Richtung cremeweiß. Sie bittet mit Nachdruck ins Hinterzimmer. Der alte Meier schneidet gerade einem kleinen Buben die Haare, wagt kaum einen Blick, nur seine Ohren laufen rot an. Der arme Bub, denkt Lena, hoffentlich fehlt dem nicht gleich ein Stückerl Ohr.

»Ja, und was wünschen Sie?«, fragt die Meier bemüht freundlich.

»Wir holen die Trockenhauben«, sagt Lena.

»Am Abend«, vertröstet die Meier.

»Bis vier«, sagt Robschi sehr barsch und schaut demonstrativ auf die Uhr.

Die Meier gibt auf. Lena zeigt den beiden die Trockenhauben. Wie sie es schon geahnt hat, sitzt unter einer der Hauben eine Kundin; nach oftmaligem »Tschuldigen, pardon, bitte sehr und danke schön« wird sie unter eine andere Trockenhaube komplimentiert.

Der Salon, bis auf den letzten Platz besetzt, knistert vor Spannung, die Kundinnen sind neugierig, Der alte Meier versänke am liebsten im Boden, seine Frau versucht, einen Es-ist-alles-ganz-normal-Eindruck zu machen. Lena wartet auf ihren großen Auftritt. Robschi und Hans spielen überzeugend und böse grinsend Meister und Lehrbub.

Im nur durch einen Vorhang abgetrennten Hinterzimmer stehen Lena und Agnes Meier und versichern einander Verständnis. Lena will erst die Rede aufs Geld bringen, wenn die zwei Handwerker als Zeugen anwesend sind, doch sie spielt der Frau schon einmal vor, was sie auf Band aufgenommen hat. Sehr laut spielt sie ihr das vor. Als die Beschimpfungen gegen die Hausbesitzerin laut und deutlich im ganzen Salon zu hören sind, gibt die Meier auf.

Zwei Tage später haben die beiden ihr Geld zurück, auch das vom Janicek, der es per Postanweisung schickt.

Am selben Tag wird zwei Gassen weiter ein Mordopfer gefunden.

Ingrid fällt aus dem Lift. Sie bleibt auf dem Boden liegen und schaut zu, wie Münzen aus ihrer Tasche herauskullern. Ewig könnte sie so liegen bleiben, doch etwas stimmt nicht. Ein Männerschuh steht plötzlich ganz knapp vor ihren Augen. Von sehr weit oben über dem Schuh hört sie eine Stimme sagen: »No Gnädigste, hamma a Räuscherl?«

Dann wird sie unter den Armen gepackt und auf die Füße gestellt. Als sie sich gleich wieder niederlegen will, also eher zu fallen droht, spürt sie feste Griffe an beiden Schultern. Vor ihr steht ein Gesicht unter dem Ganglicht, über dem Gesicht eine Polizeikappe. Ihr in Rotwein eingeweichtes Hirn versucht sich zu einem, wenigstens *einem* klaren Gedanken zu versammeln.

Was ist hier los? Wo bin ich?

Sie sieht das lächerliche Blumenkranzerl an der Tür ihrer Nachbarin, gut, sie ist also daheim, aber was will der Polizist von ihr?

»Na wo samma denn gwesn?«, hört sie die Stimme fragen; gute Frage, an das letzte Lokal kann sie sich nur noch verschwommen erinnern; zuerst ist sie bei einer Lesung der Krimifrauen im Au gewesen, dann mit einer von ihnen und einer Bekannten im Café Weidinger und dann noch im Tschocherl bei einem Poetry-Slam.

Die Polizisten wollen wissen, was ein Poetry-Slam ist. Das kann sie heute nicht mehr erklären –

Und dann? Irgendwo war sie dann noch, mit wem?

Irgendwo dort in der Gegend halt, sie will sich einfach niederlegen, ob in ihr Bett oder auf den Boden, ist ihr momentan herzlich egal; der zweite Mann hält sie noch immer; anscheinend gibt's noch mindestens einen dritten Mann, schließt sie aus den Stimmen, die sie hört.

Irgendwie gelingt es den Polizisten, zu ihrem Wohnungsschlüssel zu kommen, die Tür wird aufgesperrt, sie hineinbugsiert, auf die Couch platziert und am Einschlafen gehindert, zwei Polizisten in Uniform und ein Ziviler stehen um sie herum, einer will ihr Wasser einflößen, sie beißt die Zähne zusammen.

Was? Was?

Mehr kann sie jetzt nicht sagen.

Die Frau, die unter ihr wohnt, ist ermordet worden, heute am Nachmittag, wo sie gewesen sei zu dieser Zeit?

Sie will sich auf die Couch legen, ein Uniformierter setzt sie wieder auf, sie tritt ihn, er schimpft und droht mit einer Anzeige wegen Widerstands gegen die Staatsgewalt, aber Ingrid ist das im Moment auch egal. Es geht noch ein Weilchen hin und her.

»Frau Haselsteiner«, sagt der Zivile zum Abschied – »ich heiße Haselberger …«, sagt sie –, »wir kommen wieder.« Dann gehen die drei.

Mordverdacht, klingt es in ihren Ohren. *Mordverdacht*?

»Sie sind verdächtig«, haben die Polizisten gesagt.

Es ist schon hell, als Ingrid die Türglocke hört, ihr Kopf dröhnt, ein ausgewachsener Kater hält sie gefangen, rumort in Kopf und Magen – die Türglocke, nein, ich stehe nicht auf, nein, es läutet, es pumpert, sie steht doch von der Couch auf, wankt zur Tür. Polizei.

»No, Gnädigste, samma ausgschlafen?«

Fragt einer der Polizisten. Ist es der, der in der Nacht auch schon da war? Ingrid kann sich an nichts Genaues erinnern, sie will die Polizei nicht in die Wohnung lassen.

»Ihre Nachbarin ist ermordet worden«, sagt der Zivile, der gerade die Stiege heraufkommt, »die Frau Auinger.«

Was? Wann? Wieso? Nein, sie lässt die Polizei nicht herein.

»Dann sind Sie mordverdächtig und müssen mitkommen.« Wieder der Zivile, er stellt sich vor, »Kowarik«.

Sie besteht darauf, zuerst zu duschen und sich etwas Frisches anzuziehen; das darf sie unter der Bedingung, dass der Uniformierte vor der Badezimmertür Wache hält.

Ingrid gefällt ihr Spiegelbild gar nicht. Heute ist Aschermittwoch, denkt sie, reiner Zufall.

Dragica macht ihre Kinder für die Schule und den Kindergarten fertig, sie zieht der Kleinen gerade die Schuhe an, als es vor ihrer Tür laut wird.

»Aufmachen, Polizei!«

Pumpern und Läuten, sie macht mit der Kleinen auf dem Arm die Tür auf und schaut in einige Gewehrläufe und maskierte Gesichter; die Maskierten stürmen an ihr vorbei in die Wohnung, einer fragt: »San Se de Jowanowitsch Dragica?«

Sie ist erschrocken, zittert, kann nicht antworten, die Kleine brüllt, aus dem Wohnzimmer hört sie auch die beiden anderen Kinder schreien.

»Ich muss die Kinder bringen«, sagt sie.

»Des geht net!«, brüllt eine Maske sie an, die drei Kinder schreien immer lauter.

Dragica muss sich am Türstock anhalten. Polizisten in Zivil kommen in die kleine Wohnung, sie reißen die Kastentüren auf, einer durchwühlt den Mistkübel unter der Abwasch.

»Bitte, die Kinder, bitte, sie müssen in die Schule und in den Kindergarten.«

»Is eh besser, waun s' weg san«, sagt einer der Kieberer.

Dragica hat das Gefühl, mindestens zwanzig Männer rennen und schreien in ihrer Wohnung.

»Nana, se bleim do«, sagt der Polizist und räumt die Schultaschen der Kinder aus.

Schließlich dürfen sie doch in die Schule gehen.

Die beiden Großen müssen die Kleine in den Kindergarten

bringen, der ist gleich ums Eck von der Schule, also kein großer Umweg.

Dragica darf nicht hinaus, sie muss sich in der Küche auf eines der zwei Stockerl setzen, das andere nimmt sich einer der zwei zivilen Kieberer.

»Und«, fragt er, »woastas?«

Dragica hat keine Ahnung, was der von ihr will. Was?

»Gib's zua, du host de Oide umbrocht!«

Was, wer sei umgebracht worden?, fragt sie.

»Dua ned so«, schreit der Polizist, »du woastas!«

Sie fängt an zu weinen, aus dem Wohnzimmer hört sie Geräusche. Dort wird die Beute gesucht, es war ein Raubmord. Der Kaffee in der Filterkaffeekanne verbreitet den grauslichen angesengten Geruch, den Kaffee immer annimmt, wenn er zu lange auf der Wärmeplatte steht. Sie hätte gerne einen Schluck, heiß und schwarz, aber sie traut sich nicht, irgendetwas zu sagen.

»Gib's zua, du woastas, mia kenna eich Tschuschngsindl, gib's zua! Samma schnölla featich.«

Dragica muss mitfahren. Fingerabrücke, DNA-Abstrich, Einvernahme, Protokoll. Erst auf dem Wachzimmer erfährt sie, wer umgebracht worden ist: die alte Frau Auinger.

Sie weint gleich wieder, eine so liebe Frau! Dragica hat für sie eingekauft, ihr im Haushalt geholfen, manchmal auch geputzt, ist mit ihr zum Arzt gegangen, weil die alte Dame nicht mehr gut gesehen hat und nicht mehr gut auf den Beinen war.

Tot?

Die arme Frau Auinger; mehrere Kieberer versuchen gleichzeitig und abwechselnd, ihr ein Geständnis abzuringen. Einer geht hinaus, kommt zurück, sagt: »Mia haum Beweise, gib's zua.«

Das ganze Verhör dauert, bis es Zeit ist, die Kinder von der Schule abzuholen.

Die Polizei weiß schon alles: Die Frau Auinger ist ermordet worden. Ihr Sohn hat sie gefunden, Geld ist gestohlen worden und irgendetwas Wertvolles. Alles ist voller Blut.

Franziska Auinger, 82, alleinstehend, wurde mit einer Krücke erschlagen, durch mehrere Schläge auf den Kopf.

Die Frau muss jemandem die Tür aufgemacht haben. Es gibt keine Einbruchsspuren. In der Küche wurden zwei Kaffeehäferl gefunden, mit den Fingerabdrücken der Toten und einer unbekannten Person.

Aus dem Wohnzimmerkasten fehlt Bargeld, eine mindestens vierstellige Summe und die Münzsammlung ihres längst verstorbenen Mannes. Diese Sammlung könne gut über hunderttausend Euro wert sein. Das sagt zumindest der Sohn der Toten, der sie auch gefunden hat.

Es sieht so aus, als habe der Täter oder die Täterin genau gewusst, wo er oder sie suchen musste. Das lenkt den Verdacht freilich auf die Putzfrau, oder auf den Sohn, oder auf die geschiedene Frau des Sohnes, aber die Putzfrau ist die Einzige, die aus einem kriminellen Umfeld kommt. Einer ihrer Brüder sitzt gerade eine Gefängnisstrafe wegen Autodiebstahls und anderer kleinerer Delikte ab, ein zweiter ist erst seit Kurzem auf freiem Fuß.

Sie haben Autos nach Serbien gebracht, dort aus zwei oder drei Unfallwägen ein neues gebaut, das sie später in Wien verkauften. Wie oft sie das gemacht haben, weiß niemand. Aber in einigen Fällen ist ihnen Betrug nachgewiesen worden. Es waren auch gestohlene Autos darunter. Doch gestohlen haben andere, die Brüder haben nur den Transport und den Umbau erledigt.

Nachdem die Kinder gegessen haben, ruft Dragica Ingrid an, sie wissen voneinander noch nicht, dass sie beide verdächtigt werden. Am Nachmittag werden sie sich im Huberpark treffen, weil sie Angst haben, dass die Polizei ihre Telefone abhört. Dragica geht mit der Kleinen gerne in den Huberpark, ihre Kinder nennt sie anderen gegenüber immer nur *die Kleine*, *die Größere* und *der Große*.

Im Park wissen offenbar auch schon alle Bescheid. Keine von den wenigen Müttern setzt sich zu ihnen auf die Bank, aber alle schauen sie mehr oder weniger verstohlen an.

Es ist kalt und trüb und windig, sie bleiben nicht lange.

Dragica putzt auch bei Ingrid und bei einer Reihe ihrer Freundinnen, sie wohnt gleich im Nebenhaus. Ihr geht es finanziell ziemlich schlecht, gemeinsam mit ihren Brüdern hat sie einen Gebrauchtwagenhandel betrieben, bis die Brüder wegen Betrugs und Hehlerei eingesperrt wurden. Sie ist dann mit dem Geschäft in Konkurs gegangen, mit nachfolgendem Privatkonkurs. Darum ist sie auf das bisschen Geld aus ihrer Schwarzarbeit angewiesen, na ja, Arbeit ... mit den alten Leuten zum Arzt oder zur Friseurin oder zur Fußpflege oder für sie einkaufen zu gehen, das ist mehr eine Trinkgeldgeschichte, das reicht gerade für das Allernötigste. Der Große hat als Einziger in seiner Klasse kein Smartphone. Einer ihrer Brüder, der Älteste, ist vor drei Wochen aus dem Gefängnis entlassen worden, der andere, der Mittlere, sitzt noch. Der Ältere wollte sich gleich bei ihr einnisten. Sie hat ihn hinausgeschmissen.

Bevor er gegangen ist, hat er ihr ein paar Detschn gegeben.

Ingrid und Dragica beraten, was sie tun können, kommen auf keinen grünen Zweig, auch weil sie zu wenig über die ganze Geschichte wissen. Frau Auinger war eine freundliche Frau, hat gerne auf einen Kaffee eingeladen und getratscht. Als Ingrid einmal im Rausch über die Stiege gefallen ist und sich dabei die Lippen blutig gehaut hat, hat Frau Auinger sie zu sich hineingeholt, auf ihren Diwan gelegt und verarztet. »Kinderl«, hat sie gesagt, »trink net so viel, Kinderl.« Dragicas Kinder haben immer zum Geburtstag oder zu Weihnachten einen oder zwei Geldscheine mit einem Mascherl drumherum gekriegt.

Wer kann eine so nette Person umbringen? Und war sie wirklich so reich? Großzügig war sie, ja, aber reich? Ihr Mantel zum Beispiel war recht alt und abgewetzt.

Josef Gruber, der Pensionist, hockt die meiste Zeit des Tages vor seinem Fernseher, doch wenn er auf dem Gang Schritte hört, geht er zum Spion und schaut hinaus, da lässt er sich nichts entgehen.

Er weiß, wer kommt und wer geht, und er weiß, wer wie und wann und mit wem kommt und geht, wer Besuch kriegt, wann der Besuch wieder geht, wer eine Putzfrau hat, wer sich eine Pizza liefern lässt.

Vor dem Wohnzimmerfenster hat er zwei Panoramaspiegel montiert, im Stiegenhaus hätte er am liebsten eine Kamera aufgehängt. Die Leute haben sich schon über die Spiegel beschwert; er hängt sie aber immer wieder auf.

Seit Kurzem hat er eine Kamera neben einem der Spiegel. Doch die funktioniert nicht richtig, weil sein Sohn sich weigert, den Überwachungswahn seines Vaters mitzumachen. Er hat also selber daran herumgebastelt, um die Bilder wieder abspielen zu können. Einen Computer würde er dazu brauchen, *damit ich euch besser sehen kann.*

Der Student kennt sich sicher aus, aber den will er nicht fragen.

Der junge Auinger hat ihm erklärt, dass Filmen strafbar sei. Schade. Er wollte dem Auinger natürlich einreden, eine Kamera diene der Sicherheit aller Mietparteien, doch der wusste genau, dass nur seine unbändige Neugier den Gruber auf diese Idee hatte bringen können.

Die alte Nachbarin links, da kommen öfter Leute. Meistens der junge Auinger, ihr Sohn, oder die Putzfrau; manchmal auch die

Versoffene vom fünften Stock, eine fesche Person, aber immer grantig oder besoffen oder beides.

Eine Dichterin soll sie sein, na ja. Er glaubt das nicht.

Die Verhärmte rechts, uninteressant, graue Maus, hat aber manchmal Besuch von so einer schrillen Person mit rosa Haaren, wahrscheinlich die jüngere Schwester, glaubt Gruber.

Der Student, der immer zu Fuß bis in den fünften Stock geht. Nie nimmt der den Lift – und schnell ist der! Nicht immer schafft Gruber es, ihn zu erspähen. Aber er trägt Turnschuhe, die auf der Stiege leicht quietschen, daran erkennt er ihn immer.

Josef Gruber trägt ein Hörgerät, ein sehr nützliches Ding, ohne das er seine Umgebung nicht so genau beobachten könnte. Er lässt sich *Essen auf Rädern* bringen und Wein von einem burgenländischen Weinbauern. Er geht nur aus, wenn es sich gar nicht vermeiden lässt.

Seit seine Frau gestorben ist, kommt einmal im Monat sein Sohn zu ihm, der sich um die Finanzen und um Kleinigkeiten wie Klopapier kümmert.

Manchmal redet er tagelang mit niemandem. Seine Wohnung putzt er selber, er macht ja nicht viel Schmutz, also auch nicht viel Arbeit, glaubt er. Seine Schwiegertochter sieht das anders. Aber die lässt er nicht mehr herein, seit sie wegen seiner verdreckten Wohnung sehr heftig und sehr laut gestritten haben.

Seit gestern Nachmittag ist viel los, er kommt vom Spion nicht mehr weg. Damit er nicht ständig leicht gebückt hinter der Tür stehen muss, hat er sich einen Fauteuil hingeschoben und noch ein paar Polster draufgelegt, so kann er ziemlich bequem knien und abwechselnd mit dem einen und dem anderen Auge hinausschauen. Er hat sich schon allerhand zusammengereimt, hat gesehen, wie ein Sarg aus der Auinger-Wohnung herausgetragen wurde.

Die Polizei kommt. Zu ihm kommen sie, zu dritt! Er braucht eine Weile, bis er die Tür aufmachen kann, weil der Fauteuil erst den schmalen Gang zurückgeschoben werden muss, bis hinter die Küchentür. Es läutet schon zum dritten oder vierten Mal, als er endlich öffnet.

Er ist aufgeregt, so viel tut sich in seinem Leben sonst nicht, er bittet die Herren ins Wohnzimmer, bietet Schnaps an, muss aber alleine trinken. Sie wollen wissen, was er gestern gesehen hat, vor allem: wen er gesehen hat!

Den Studenten hat er gesehen, die Schnapsdrossel aus dem fünften Stock, einen Lieferanten, die Putzfrau von der Auinger.

Wann hat er die Leute gesehen?

Na ja, die Tranklerin war da, als gerade die Mittags-Zeit-im-Bild gelaufen ist, der Student ist fortgegangen, als noch das Wetterpanorama war. Ein Student, der so früh aus dem Haus geht … ein seltsamer Mensch. Früher hat es das nicht gegeben, da haben die Studenten bis zu Mittag geschlafen. Gekommen ist er erst wieder während der Nachmittagsschnulze und dann bald wieder gegangen.

»Welche Schnulze?«, fragt Kowarik.

Na ja, was halt am Nachmittag so gezeigt wird auf allen Sendern, Schnulze oder Kochen. Gruber hat Satellit, viele Sender, hunderte. Die Putzfrau war da, als er sich gerade eine Packerlsuppe gemacht hat. Der Lieferant war am Vormittag da.

»Wann ist die Putzfrau gegangen?«

»Meine Herren, ich muss auch irgendwann aufs Klo, da kann's schon sein, dass ich was versäum.«

Er versucht, die Polizei auszufragen, aber die sagen ihm nix, gar nix. Dem Fernsehen muss es aber einer gesteckt haben, da hat er schon was gehört von Mord ... mit einer Krücke erschlagen ... dabei ist die Frau Auinger immer mit einem sehr eleganten Spazierstock unterwegs gewesen, mit Silberknauf. Nein, mit einer Krücke hat er sie nie gesehen. Na doch, vor ein, zwei Jahren ist sie kurz mit Krücken gegangen, irgendwas mit dem Knie hat sie gehabt.

»Der Sohn, der junge Auinger, bitte, jung, der ist sicher auch schon fünfzig, der ist zur Fünfer-ZiB gekommen, der kommt jeden Tag um diese Zeit. Er ist zu ihr hineingegangen, hat selber aufgesperrt und ist gleich wieder aus der Wohnung herausgekommen ... heraus*gerannt*, hat telefoniert, ganz hektisch, war ganz blass. Weiß wie die Wand war der, und dann ist auch schon die Polizei gekommen.«

Ob er was gehört hat?

Aber sicher hat er was gehört, im dritten Stock haben sie den ganzen Tag lang gebohrt, zum Verrücktwerden. Da hört man ja sonst nichts mehr. Neue sind da eingezogen, haben mit einem Speditionswagen Möbel gebracht, die Autonummer hat er sich aufgeschrieben. Im vierten Stock waren die nicht, das hätte er mitgekriegt.

»Und wenn S' grad auf dem Klo waren«, fragt Kowarik, »oder Packerlsuppe umrühren?«

Da hätten die aber nicht viel Zeit gehabt, brummt Gruber verärgert.

Kowarik ist froh, als er wieder auf dem Gang steht. Er hat schon viel gesehen, viele verwahrloste Wohnungen, er hat auch schon viel gerochen, aber die Gruber-Wohnung ist ganz besonders abgeschnudelt, und stinkt, als lägen tote Mäuse unter dem Diwan.

**»BLUTTAT IN OTTAKRING –
WAR ES RAUBMORD?«**

**»GRAUSAMER MORD IN BRUNNENMARKTNÄHE!
PENSIONISTIN BRUTAL GETÖTET!«**

»FRAUENMORD IN GÜRTELNÄHE!«

Dragica liest alles, was über diesen Mord geschrieben wird, es hilft ihr aber nicht weiter, eigentlich schaut sie sich nur die Bilder an. Sie kann nicht sinnerfassend lesen, sie versteht zwar Einkaufslisten, aber keine fortlaufenden Texte. Sie spricht zwei Sprachen fließend, Serbisch und Deutsch, weitere Sprachen kann sie ein bisschen, zum Einkaufen reicht's. Aber Lesen, das ist nichts für sie. Die Schlagzeilen, da kommt sie noch mit.

Selbst wenn sie den Text lesen könnte, würde das ihre Verwirrung nicht verkleinern, was die Zeitungen schreiben, sind hauptsächlich wüste Spekulationen; zwei Tage nach dem Mord kennt niemand genauere Details, aber Dragicas Leben hat sich so sehr verändert, dass sie nicht mehr weiter weiß.

Keine ihrer alten Damen will sie noch bei sich putzen lassen, keine will von ihr zum Arzt oder zum Friseur begleitet werden, entweder heben sie nicht ab, wenn sie anruft, oder sie sagen die Termine ab.

»Na, Frau Dragica, momentan brauch i nix, na, Friseur auch nicht, die Frau Agnes kommt jetzt zu mir ins Haus.«

Keine einzige ihrer Kundinnen hat selber bei ihr angerufen, ihre Geldquellen, die nur winzige Rinnsale sind, trocknen aus, zum Glück putzt sie noch bei Freundinnen von Ingrid in anderen Bezirken, die halten sie nicht für verdächtig; sie hat allen sofort erzählt, dass sie unter Mordverdacht steht.

Karin hat sich nach diesem Geständnis vor Lachen schier zerkugelt.

Dragica ist sehr klein, dafür sehr rund, eine Frau mit der Gestalt einer ständig hüpfenden Kugel. Sie hat jetzt sehr viel Zeit. Wie immer geht sie ihre Kinder abholen. Als sie vor der Schule steht, die anderen Mütter halten Abstand, bremst eine Funkstreife quietschend und mit Blaulicht ab. Drei Polizisten springen heraus, zerren sie zum Auto. Sie protestiert, ihre Kinder stehen alleine da. Sie erntet kalte Blicke.

»Was wird mit meinen Kindern?«

»Die kommen ins Heim«, sagt ein Polizist und lacht.

Endlich kommt Aynur auf sie zu, sagt: »Ich nehme deine Kinder.«

Danke, sagt Dragica, bevor sie ins Auto verfrachtet wird.

Zwei Polizisten bringen sie in einen kalten, unfreundlichen Raum. Eine Polizistin kommt, perlustriert sie, eine muffige Person.

Mit Kommandostimme: »Umdrehen! Schuhe aus!«

So geht es eine Weile, dann kommen zwei Männer, einen kennt sie schon, den Kowarik; der andere, der Neue, ist besonders unsympathisch, er stellt sich nicht einmal vor.

»Du warst es net, des wissma, du bist z' klan ... Wer is dein Komplize, dein Haberer, budert er di?«

Dragica ist schockiert und eingeschüchtert, es geht eine Weile hin und her.

Sie: »Ich habe keinen Freund.«

Er: »Freind, Freind, von wem lasst di budern, du bist ja net amal a Tschuschin, du bist a Zigeinarin, und es Zegeinaweiwa, frage nicht!«

Die beiden Kieberer lachen, Dragica spürt ihr nasses Gesicht, weiß nicht, ob das Wasser vom Schwitzen oder von den Tränen kommt.

»Du und dei Sippschoft, zwa Briada, zwa Häfnbriada … Woas da Bruada? Frisch ausn Häfn und glei ane umbringa, ha? Ha? Woaras? Host eam aufgspeat? Host eam zagt, wo 's Göd is?«

Als sie endlich gehen darf, ruft sie Ingrid an, damit die sie abholt. Sie fühlt sich außerstande, alleine heimzugehen. Ingrid kann nicht kommen, weil bei ihr auch gerade zwei Polizisten sind. Sie wird ihr Karin schicken, die ist Pensionistin und hilft Frauen in Notsituationen, wo sie nur kann.

Dragica wartet auf Karin bei der Straßenbahnstation gleich neben dem Wachzimmer. Dieses Mal haben sie sie woanders verhört, warum?

Die Tür hinter Dragica ist noch nicht zu, als Kowarik, der die Untersuchung leitet, sagt: »De woas, Leitner.«

Sein Untergebener, der neuerdings »Mitarbeiter« genannt werden will, meint: »Sie kauns ned gwesn sein, das wissma. Sie ist z' klan, sie kaun dem Opfer ned die Krückn aufn Schedl ghaut hom. Des geht si mit di Winkeln ned aus.«

Aber Kowarik meint, sie habe wohl einen Freund, dem sie die Tür aufgemacht hat; es könne auch ihr Bruder gewesen sein.

Leitner widerspricht: Der Bruder ist nachweislich in Serbien, es gibt von ihr auch keine unmittelbaren Spuren. Fingerabdrücke in der Wohnung sind vorhanden, ja, sie hat dort geputzt, aber auf der Krücke sind keine Spuren von ihr zu finden, auf den Kaffeehäferln auch nicht.

Kowarik wird grantig, nennt Leitner ein aufmüpfiges Gscheiterl.

Sie überlegen, ob es die versoffene Schriftstellerin gewesen sein könnte.

Die müsste doch Geldsorgen haben? Wie will die von ihren Gedichten leben?

Leitner meint, sie sei zwar aggressiv, aber auch wieder so konfus, dass er ihr den Mord nicht zutraue, also bleibt nur die Putzfrau oder ein Zufallstäter. Aber ein Zufallstäter hätte wohl kaum alles so schnell ohne größere Wühlerei gefunden. Vielleicht war der serbische Bruder doch da. Kurz nach Wien fahren, einen Raubmord begehen und gleich wieder abhauen. Das ist Leitners Theorie.

Aber geh, sagt Kowarik. Es gibt noch einen dritten Bruder, der aber noch nie in Wien gewesen ist. Wenigstens ist der Polizei nichts über allfällige Wien-Aufenthalte bekannt.

Zuerst muss Dragica die Kinder bei Aynur abholen. Sie haben sich angefreundet, als sie miteinander bei einer Putzfirma angestellt waren. Sie haben oft in einer Schicht gearbeitet, oft das Putzwagerl geteilt. Aynur macht die Tür auf, »warte hier«, sagt sie, »ich bringe die Kinder.«

Dragica und Karin stehen auf dem Gang. Dragica hat das Gefühl, von jedem Spion aus angeglurrt zu werden; es dauert ein Weilchen, bis die Kinder kommen.

Aynur sagt: »Mein Mann will nicht, dass du hereinkommst. Er glaubt nicht, dass du es warst, aber die Leute … Er legt viel Wert auf das, was die Leute sagen.«

Karin begleitet Dragica und die Kinder heim. »Die Kleine«, sagt Dragica, »die muss i vom Kindergarten holen.«

Karin bleibt bei den zwei anderen, die sie misstrauisch umkreisen.

»Bist du eine Kiebererin?«, fragt Milica, »nein«, sagt Karin, »ich bin Pensionistin, früher war ich Sozialarbeiterin«, was denn eine Sozialarbeiterin so machen müsse, fragt Dragan.

Karin erzählt von ihrer Arbeit, während sie Gemüse schneidet. Sie wird einen Eintopf kochen, damit Essen da ist, wenn was ist. Also wenn die Polizei wieder einmal aus heiterem Himmel Dragica abholen kommt. Kein Kind soll dann Hunger leiden.

Als Dragica mit der Kleinen heimkommt, werden die Kinder vor den Fernseher geschickt, damit die beiden Frauen in der Küche in Ruhe reden können. Karin lässt sich alles erzählen, fragt immer wieder nach. Sie rät Dragica, sich dringend eine Anwältin zu suchen, sie könne ihr dabei helfen.

Dragica glaubt nicht, dass sie einen Anwalt braucht, und wenn, dann kennt sie schon einen. Den, der ihre Brüder vertreten hat.

Es ist schlimmer, als Ingrid Dragica am Telefon sagt, da sind nicht nur einfach zwei Polizisten zum Verhör, da ist eine Hausdurchsuchung im Gang. Alles wird durchsucht. Zwei Polizisten in Uniform, drei in Zivil. Ingrid wollte Dragica am Telefon nicht erschrecken.

Ein Pullover und eine Hose mit Blutflecken darauf werden aus Ingrids Dreckwäschesack gezogen und eingepackt. Das Opfer hat stark geblutet aufgrund mehrerer heftiger Schläge auf den Kopf, das könnte Ingrids Blut sein. Es muss gespritzt haben.

»Auf Frau Auingers Diwan haben wir auch Blut gefunden«, sagt einer der Kieberer, »legen S' nieder, machen S' es uns und sich nicht so schwer.«

»Das ist sicher nur mein Menstruationsblut«, sagt Ingrid.

Der Polizist, der den Sack in der Hand hält, wankt und wird blass.

Dann geht es noch einmal um Ingrids Alibi. Wo war sie am Dienstagnachmittag?

Sie war zuerst beim Zahnarzt, dann in der Nationalbibliothek.

»Nationalbibliothek, samma a G'studierte? Und dann?«

Dann war die Lesung der Krimifrauen.

Der Polizist brüllt vor Lachen. »Des is guad, Krimifrauen, hobts des gheat? A Meadarin bei de Krimifrauen … Se schreim Krimis?«

»Nein, ich interessiere mich nur dafür und für Lesungen im Allgemeinen.«

»Aso, Sie interessieren si, wia ma am besten wen umd Eckn bringt!«

Danach war sie mit drei Krimifrauen noch etwas trinken, sagt Ingrid.

»Jojo«, sagt Kowarik, »des mit'm Trinkn, des haumma mitkriagt.« Er brüllt vor Lachen.

Ein Uniformierter liest Ingrids neueste Gedichte, die auf losen Blättern auf dem Schreibtisch liegen.

»Hean S'«, sagt er, »Se schreim do dauand iwas Bluad, des is a Beweis!«

»Das ist kein Beweis«, erklärt Ingrid, »das ist ein Zyklus über den Zyklus. Das sind Menstruationsgedichte.«

Der Polizist lässt die Blätter augenblicklich fallen. »An soichanan Bleezin howi nau nia nid ghead.«

Bei Dragica gibt es auch eine Hausdurchsuchung. Als ob nicht eh schon alles durchwühlt worden wäre. Dieses Mal ist auch der Keller dran. Triumphierend zieht einer der Polizisten ein paar Krücken heraus, »das Tatwerkzeug«.

Aber nein, bei der Leiche sei nur *eine* Krücke gefunden worden.

»Na ja, vielleicht hat die Dame noch mehr Krücken für die nächsten Morde«, sagt der Polizist süffisant mit seinem nutzlosen Fund in der Hand.

Dragica habe kein Alibi, behauptet Kowarik.

Sie war in der fraglichen Zeit einkaufen, für Frau Horvath, eine ihrer alten Damen. Frau Horvath wohnt gleich ums Eck, Dragica war für sie beim Hofer. Als sie Kowarik das erzählt, fällt ihr ein, dass sie den Kassazettel noch hat, da stehen Datum und Uhrzeit drauf, und die Kassiererin kennt sie.

Vom Hofer ist sie direkt zur Frau Horvath gegangen, hat mit ihr einen Kaffee getrunken und ist dann heimgegangen.

»Und die Kinder?«, fragt der Polizist.

Die zwei Größeren waren daheim, die Kleine im Kindergarten.

»Dünne Geschichte«, sagt er.

Ingrid rät Dragica, sich dringend einen Anwalt zu nehmen. Jetzt glaubt sie das auch. Gestern wollte sie davon noch nichts hören. »Karin kennt eine gute Anwältin«, sagt Ingrid.

Dragica geht zu dem Anwalt, der ihre Brüder vertreten hat.

Der muss gut sein, weil er immerhin eine Kanzlei am Ring hat. Er nimmt gleich einmal fünfhundert Euro von ihr. Die hat sie gespart, weil sie sich bald eine andere Wohnung suchen muss. Das Haus wird gerade renoviert, ein Lift eingebaut, zwei Stockwerke oben draufgesetzt. Alles soll blitzblank werden. Das kostet. Die Miete wird danach erhöht. Sie hat schon ein Schreiben von der Hausverwaltung bekommen. Eigentlich sollte sie sich besser um eine neue Wohnung kümmern, aber die Mordgeschichte bringt sie so durcheinander, dass sie ganz gelähmt ist. Vielleicht kann Karin ihr helfen.

Dragica hat keine Freundinnen und seit der Geschichte mit ihren Brüdern auch keinen Kontakt zu ihrer Familie; ihr Exmann verlangt für die Kleine einen Vaterschaftstest. Er will nicht glauben, dass er der Vater ist. Die zwei Größeren sind seine, ja, aber die Kleine ist von seinem Freund, *Exfreund*, da ist er sich sicher.

Kowarik findet durch kurzes Kopfrechnen heraus, dass die Kleine erst zwei Jahre nach der Scheidung auf die Welt gekommen ist. Das kann nicht sein! Er fragt mit einem sehr anzüglichen Unterton nach.

»I hob's nuamoi browiad med eam«, sagt Dragica, »owa is auf de Daua nix gwesn. Ea is hoid ka Gulasch.«

»Was?«, fragt Leitner.

Kowarik freut sich, dass der Jüngere keine Ahnung hat. »Aufgewärmt ist nur ein Gulasch gut«, sagt er.

Leitner versteht noch immer nicht.

»A aufgwaamde Beziehung«, sagt Kowarik, »is nix.«

Ingrid ist weiterhin mordverdächtig. Sie hätte die passende Größe für die Tat. Doch auf Pullover und Hose findet sich nur ihr eigenes Blut, ganz normales Blut, kein Menstruationsblut. Auch auf

Frau Auingers Diwan ist Ingrids Blut. Das will die Polizei jetzt genau wissen, wie kommt das Blut einer Mordverdächtigen auf den Diwan des Opfers?

Ingrid erzählt ihnen also von dem Sturz im Vollrausch, von Frau Auingers Fürsorge und dass sie sich nicht an alle Details erinnern kann. Diese Geschichte macht sie noch verdächtiger.

Vor ein paar Wochen war das, als der Lift nicht funktioniert hat.

Der junge Auinger hat mittlerweile Inventur gemacht und festgestellt, dass tatsächlich die Münzsammlung seines Vaters fehlt. Geld fehlt auch. Wie viel, kann er nicht genau sagen, es müssen aber mindestens 25.000 Euro sein. Seine Mutter hatte kein Vertrauen zu den Banken.

Möglicherweise fehlt auch Schmuck. Das weiß er nicht genau. Ein paar Ringe, Ohrringe, Broschen und Ketterln habe seine Mutter schon gehabt. Überblick habe er keinen, aber die Münzen kennt er. Von besonders wertvollen Stücken hat er Fotos.

Damit wird sich ein Kollege, der für Hehlerei zuständig ist, beschäftigen. Die Polizei will den Sohn auch verdächtigen, aber Auingers Alibi ist lupenrein. Er war im Büro, von vielen Kolleginnen und Kollegen bestätigt, er ist auch auf der Kamera der Tiefgarage in der Innenstadt zu sehen. Also kann er es nicht gewesen sein.

Warum hat er bei seiner Mutter vorbeigeschaut? Hat er einen Schlüssel?

Es war langjähriger Brauch, dass er nach der Arbeit kurz seine Mutter besucht hat, jeden Tag. Er wohnt im sechsten Stock, also zwei Stockwerke über ihr. Die Wohnung gehört ihm, in diesem Haus gibt es nur Eigentumswohnungen, die von ihren Eigentümerinnen und Eigentümern oder deren Kindern bewohnt werden. Ein anständiges Haus. »Nicht so wie das Nachbarhaus, was da für Leute wohnen.« Ja, die Frau Dragica kennt er, freundlich, immer korrekt. Sie habe auch bei ihm gerne geputzt, aber er komme gut alleine zurecht.

Der habe ein zu perfektes Alibi, findet Leitner, da muss man nachwassern. Kowarik winkt ab, »Geh, der woas ned, dea is gstopft.«

Der Auinger verdient gut, hat keine Schulden, keine Unterhaltsverpflichtungen, keine Laster. »Mit dem stimmt was nicht«, findet Leitner, »solche Leute gibt es nicht.«

Auingers geschiedene Frau verdient ebenfalls gut, hat auch keine Schulden, keine aufwendigen Hobbys. Aber laut Gruber hat es zwischen Schwiegertochter und Schwiegermutter öfter Streit gegeben, ist schon länger her.

Leitner muss Ärzte und Ärztinnen, verschiedene Geschäfte und den Friseur abklappern. Er erwartet sich keine Neuigkeiten.

Im Frisiersalon sitzt eine einzige Kundin unter der Trockenhaube. Der Meister sitzt daneben und blättert in einer Modezeitschrift. Ja, die Frau Auinger kennt er, Verzeihung, *hat* er gekannt. Sie ist immer nur gekommen, wenn die Frau Silvia da war. Die Frau Silvia weiß sicher mehr, aber die ist nur am Donnerstag da. An den anderen Tagen macht sie Hausbesuche. Das geht ihn aber nichts an.

Leitner hat jetzt noch eine Verdächtige.

Also muss er auch Frau Silvia befragen. Von ihr erfährt er zwar viele Neuigkeiten, doch nichts, was er mit dem Mordfall in Verbindung bringen kann. Die Frau Auinger war eine gute Kundschaft, gibt sie an, hat viel Wert auf eine gute Frisur gelegt. Frau Silvia hat auch manchmal Hausbesuche bei der Auinger gemacht, die Frau Agnes auch, weil sie einmal keine Zeit gehabt hat. Aber die Frau Auinger hat sie lieber gehabt als die Frau Agnes. Na ja, die Frau Agnes ist jetzt eh fort, ausgezogen, am Aschermittwoch hat sie dem Chef eine Szene gemacht mitten im Salon.

»Bitte i woa ned dabei, owa ma head jo ollas.«

Die Frau Agnes hat den Chef angeschrien, dass er ein Versager ist und ein alter Depp und dass sie jetzt geht für immer. Die Frau Agnes ist gar keine gelernte Friseurin, nur eine angeheiratete, früher hat sie hier geputzt, dann den Chef geheiratet. Zwanzig Jahre jünger ist sie als er, mindestens. Wo sie jetzt ist, weiß niemand, wahrscheinlich in der Steiermark, weil sie von dort herkommt.

Noch eine Verdächtige.

Karin hilft Dragica bei der Wohnungssuche, Karin hilft Dragica beim Anwalt. Der hat bisher nichts gemacht. Das Geld gibt er auch nicht zurück, hat er angeblich nicht gekriegt. Oder hat die Frau Jovanovic vielleicht einen Beleg? Nein, den hat sie nicht.

Karin findet eine Anwältin für Dragica, eine, die sie von verschiedenen Prozessen kennt. Sie hat immer wieder Frauen gegen ihre gewalttätigen Männer vertreten; die Anwältin lässt sich die Polizeiprotokolle schicken, mehr als dreihundert Seiten. Dabei sind einige Seiten überhaupt nicht dabei, aus ermittlungstaktischen Gründen. In den Protokollen kommt ein anonymer Hinweisgeber vor, der den verdächtigen Freund der Verdächtigen kennen will. Eine namentlich nicht genannte Cousine will sich mit diesem Freund in einer U-Bahn-Station treffen, damit die Polizei zugreifen kann.

Dragica hat keine Ahnung, wer dieser anonyme Hinweisgeber sein könnte, weiß auch nicht, welche Cousine und welcher Freund gemeint sein könnten. Sie hat als Alleinerzieherin von drei Kindern mit Schulden bis über die Ohren weder Zeit noch Kraft für Männergeschichten.

Der anonyme Hinweisgeber ist niemand anderer als der Mann der Cousine. Er hat bei dem Autohandel Geld verloren. Jetzt sieht er die Zeit für Rache als gekommen.

Dragica und ihre Cousine Vesna sind wie Schwestern aufgewachsen. Nach ihrem Verständnis von Verwandtschaft sind sie Schwestern. Sie haben sich immer gut vertragen, alles geteilt, waren auch beste Freundinnen. Bis Vesna sich einbildete, Dragica habe ihr den Freund ausgespannt. Der Streit zwischen den beiden war mindestens in halb Ottakring zu hören. Die ausgerissenen Haare waren im ganzen Zimmer verstreut. Später hat sich herausgestellt, dass es um zwei ganz verschiedene Männer gegangen ist, genauso wie Dragica es gesagt hat. Aber da ist es schon zu spät gewesen. Zu viele Bosheiten haben sie einander angetan.

Als einige Zeit später Vesnas Mann mit Dragicas Brüdern, die nach Wiener Verständnis auch ihre Brüder sind, das Geschäft angefangen hat, hat es eine Weile so ausgeschaut, als könnten sich die beiden wieder anfreunden. Leider verschwand dann ein Bruder mit viel Geld nach Serbien. Ein Teil davon hätte Vesnas Mann gehört. Der angebliche Freund, Dragicas angeblicher Liebhaber, ist ein anderer ehemaliger Geschäftspartner des anonymen Hinweisgebers.

Noch bevor es zu dem kompliziert geplanten Treffen in der U-Bahn-Station Thaliastraße kommen kann, weiß die Polizei längst, dass an der Geschichte nichts dran ist. Doch Kowarik fühlt sich animiert, seine Kollegen aufzuhussen und diesen Leuten verschiedene ungeklärte Autodiebstähle anzulasten.

Die Zeit vergeht, nichts passiert, wochenlang. Bald ist Ostern. Dragica will die Kinder in den Osterferien zu ihrer Großmutter nach Serbien schicken, damit sie wenigstens ein Weilchen weg sind von den bösen Blicken. Die Leute im Grätzl weichen Dragica immer noch aus, ihren Kindern auch. Die Kinder, die mitansehen mussten, wie ihre Mutter ins Polizeiauto gezerrt wurde, kriegen vom Jugendamt eine Psychotherapie, weil sie in der Schule nur noch verängstigt sind und nicht mehr lernen wollen. Karin hat sich sehr dafür eingesetzt. Eine neue Wohnung ist noch nicht in Sicht, obwohl Karin sich sehr bemüht. »Du musst woanders hinziehen, hier halten dich alle für eine Mörderin.«

Dragica würde gerne in Ottakring bleiben, doch sie sieht, wie die Leute sie anschauen, wie sie sich wegdrehen, wie sie ihr Platz machen, weil sie nicht anstreifen wollen, einzig Aynur glaubt ihr und redet mit ihr, aber wer wiederum glaubt der Türkin? Ihr Mann will ihr jedenfalls den Umgang mit Dragica verbieten.

Karin findet eine Annonce für eine passende Wohnung in Simmering.

Sie hat eine Kleinkriegsstrategie gegen Makler entwickelt. Besonders gerne tritt sie bei Massenbesichtigungen auf. Da geht sie mit Karli, dem Punk aus dem Park, hin, manchmal gehen auch seine Freunde mit. Der Karli muss sich die Fingernägel ausputzen und als wohnungssuchender Enkelsohn auftreten. Sie gibt die reiche Oma. Mit einem Maßband prüfen sie die Angaben aus dem Inserat nach. Fünf inserierte Quadratmeter bleiben unauffindbar.

Das ist für Karin nur ein bescheidener Erfolg, ist sie doch bereits an zwanzig und mehr fehlende Quadratmeter gewöhnt. Raumfüllend laut unterhält sie sich mit Karli über die Mängel der Wohnung – alte Leute hören manchmal schlecht. Sie klopfen Wände ab, finden hohle Stellen, die sie gnadenlos freilegen. Der Makler will sie daran hindern, die anderen Wohnungssuchenden aber nehmen sich ein Beispiel an Karin und Karli und klopfen auch. Karin wendet sich den elektrischen Leitungen zu, findet eine stromlose Steckdose. Die Fenster schließen auch nicht richtig. Unter einem Fenster ist sogar ein nasser Fleck, es regnet herein. Jede Minute verliert die Wohnung an Wert. Mit den abgeklopften Wänden ist sie auch nicht mehr herzeigbar.

Statt steigender Angebote, wie sonst bei solchen Massenbesichtigungen üblich, muss der Makler nun sinkende Angebote hören. Er schwört Rache. Diese Alte und ihr blauhaariger Rotzbub werden sich noch was anschauen können.

Karli ist ein gelehriger Schüler. Zum nächsten Massenbesichtigungstermin geht er mit Karin und ein paar Freunden, die schon etwas angetrunken sind. Er hat sie bei der Gumpendorfer Straße eingesammelt, wo sie sonst immer schnorren, wenn sie nicht gerade wieder von der Polizei vertrieben werden.

So kommt eine bunte, etwas abgerissene Schar zur Besichtigung einer Penthousewohnung, die – besonders günstig – nur ungefähr zwei Millionen Euro kosten soll. Die schon wartenden in Anzüge und Kostüme gekleideten Herren und Damen müssen sich gleich einmal anschnorren lassen: »He Oida, host an Tschick?«

Bonzo schwingt seinen Doppler, bietet der hochnäsigen Dame neben sich einen Schluck an. Als sie ablehnt, verspricht er ihr, dass er die Wohnung bekommen werde, weil er ein Freund des Hausherrn sei. Die Dame rümpft ihre Hochnase und fürchtet um ihren Pelzmantel, denn einer der Bunthaarigen erzählt, er sprühe Pelzmäntel bevorzugt mit Rostschutzlack an. Das gehe nie mehr raus.

Als endlich eine Frau kommt und sich als die Beauftragte des Maklerbüros vorstellt, sind die Wartenden schon sehr nervös. Sie wollen so schnell wie möglich in die Wohnung, hoffen sie doch, der wilden Bande dort zu entkommen. Die Maklerin protestiert, droht mit der Polizei, fuchtelt mit kreischroten Fingernägeln vor Karlis Gesicht herum und zetert mit schriller Stimme. Doch die Bande lässt sich nicht einschüchtern, trampelt durchs Stiegenhaus und beschwört den Beginn der Weltrevolution.

»Ich hole die Polizei!«, schreit die Maklerin wieder.

»Das ist gut«, sagt Karin, »dann können die gleich nachschauen, wie viel Schwarzgeld hier im Spiel ist.«

»Gesindel«, rümpft die Hochnase, »geht's was arbeiten.«

»Heut ist aber Sonntag, und du arbeitest auch nicht«, merkt der Karli an.

»Wir gehen«, faucht sie zu ihrem Begleiter, doch der will sich diese einmalige Gelegenheit nicht entgehen lassen. Ein lauter Ehestreit beginnt. Bonzo bietet einen Schluck zur Beruhigung an. Das Stiegenhaus ist erfüllt von Geschrei, Wohnungstüren werden aufgerissen, Köpfe herausgereckt und noch mehr Stimmen, um Ruhe, Ruhe brüllend, verstärken den Lärm.

Die Maklerin sagt den Termin ab. Ob ihr jemand zuhört, kann sie nicht mehr feststellen. Zitternd verlässt sie das Haus.

Für die Simmeringer Wohnung könnte Karin eine Zusage bekommen. Bei dem Massenbesichtigungstermin haben sie die anderen Interessenten vertrieben. Karin hat kurz darauf die zuständige Hausverwaltung angerufen und ein relativ günstiges Angebot gekriegt.

Aber Dragica will nicht nach Simmering ziehen, weil dort Vesna wohnt, das könnte Streit geben.

»Simmering ist groß«, sagt Karin.

Nein, Dragica will dort nicht hin. Dabei weiß sie noch gar nicht, dass Vesna hinter dem anonymen Hinweisgeber steckt. Karin wird also weitersuchen. Einfach ist das nicht. Gegen die Simmeringer Wohnung spricht auch, dass Dragica sechs Monatsmieten Kaution zahlen soll. Das Geld hat sie natürlich nicht. Es wird immer schlimmer mit den Kautionen. Vor ein paar Jahren waren es noch drei Monatsmieten, jetzt verlangen manche Vermieter vier bis sechs.

Josef Gruber, immerhin einige Jahre lang für einen Wachdienst tätig, lang, lang ist's her, heutzutage nennt man so was *Security*, wird von Neugierde geplagt, warum die Polizei diese Mörderin nicht findet. Er versteht das nicht. Er hat ihnen doch gesagt, dass es die Putzfrau war!

Über seine Außenspiegel will er der Dichterin auflauern. Er hat nach dem Mord im Haus noch mehr Spiegel installiert. Wenn er sie richtig dreht, kann er die ganze Gasse in beide Richtungen überblicken. Gleichzeitig sieht er ganz genau zum Haustor hinunter. Kommt die Dichterin ums Eck, fährt er mit dem Lift hinunter und trifft sie zufällig, so sein Plan. Er will sie über diese Putzfrau ausfragen. Die Versoffene muss doch was wissen.

Es dauert ein paar Tage, bis er seinen Plan in die Tat umsetzen kann.

Ingrid kommt am frühen Nachmittag vom Brunnenmarkt mit zwei Einkaufssackerln heim. Gruber passt sie ab, er tut ihr schön. Noch nie hat er mit ihr geredet, aber jetzt muss es sein. Er lädt sie auf ein Schnapserl zu sich ein. Sie wundert sich über seine Einladung, nimmt sie aber an, weil auch sie neugierig ist.

Gruber bietet ihr den am wenigsten abgewetzten Fauteuil an, stellt einen Zirbengeist auf den Tisch und zwei Stamperl dazu. Den Zirbenen hat er schon lange herumstehen, sein Sohn hat ihn von einem Urlaub aus Osttirol mitgebracht. Ihm schmeckt er nicht. Aber so ein Schnapserl ist in Wien nicht zu kriegen und noch dazu eine Legende. Angeblich hat die EU den Zirbengeist verboten. Das macht ihn noch legendärer. Ingrid nimmt sich vor, nicht allzu viel zu trinken. Ihre letzten Räusche waren spektakulär, also für die anderen. Sie kann sich nur an wenig erinnern. Irgendwann, eher bald, sollte sie mit der Sauferei aufhören, aber heute noch nicht, vor allem nicht im Angesicht einer Flasche Zirbengeist.

Die Gruber'sche Wohnung ist muffig, verstaubt, mit sehr abgenutzten Möbeln vollgeräumt. Die Vorhänge sperren das Sonnenlicht aus. Auch Spiegel sind hinter den Vorhängen versteckt. Bücher sieht Ingrid nicht, ein riesengroßer Flachbildfernseher dominiert das Wohnzimmer, ein Servierwagen aus den Sechzigerjahren stellt die Hausbar dar. Und überall hängen oder stehen Hundefotos. Ein deutscher Schäferhund und ein Dackel, offensichtlich in verschiedenen Lebensabschnitten Grubers aufgenommen. Er erzählt ihr gleich von seinen Hunden, unterbricht sich aber bald, weil er doch mit ihr über die Putzfrau reden will.

»Kennan Se de?«

Aber sicher, sagt Ingrid, die Frau Dragica.

»Na, *de ned*!« Gruber keppelt, Dragica sei ja gar keine Putzfrau, sondern eine Bedienerin. Die, die er meint, ist eine große blonde, eine richtige Bohnenstange, eine Polin. »*Polackin*«, sagt er.

Nein, die kennt Ingrid nicht. Aber Ingrid wohnt auch erst seit drei, nein, schon seit vier Jahren hier im Haus.

Die Dürre, erzählt Gruber, die ist lange nicht dagewesen. Aber am Mordtag hat er sie wiedergesehen. Jahrelang hat sie für die alte Auinger geputzt. Dann war sie auf einmal weg. Na schade, dass Ingrid sie nicht kennt. Ob sie vielleicht nach der Polin herumfragen könnte im Haus?

Ingrid sagt, sie kenne nur Christian und Lena. Die anderen aus dem Haus würde sie auf der Straße nicht wiedererkennen. Und mit Frau Auinger habe sie öfter geredet.

»Sie waren sogar bei ihr in der Wohnung«, sagt Gruber. Er habe das zufällig gesehen.

Nach dem dritten Stamperl verabschiedet sich Ingrid, verspricht, sich wieder einmal auf einen Zirbenen einladen zu lassen.

»Na vielleicht hean S' jo wos vo dera Putzfrau«, verabschiedet Josef Gruber sie.

Nach einem Nickerchen, Rausch ausschlafen wäre ein zu großes Wort, findet Ingrid, ruft sie Karin an. »Wir haben eine neue Spur. Der Alte im vierten Stock sagt, es war eine Polin!«

Sie debattieren hin und her. Nein, sie wollen nicht zur Polizei gehen, der Gruber hat denen das sicher schon erzählt. Weder Ingrid noch Karin haben Lust auf ein Gespräch mit dem bladen Macho-Kieberer, also Kowarik, oder seinem blonden Wadlbeißer, also Leitner.

Wieder wird eine Frau ermordet in ihrer Wohnung aufgefunden. Zum Glück muss sich Kowarik nicht mit diesem Fall beschäftigen, weil das in Niederösterreich passiert ist. Ein Flüchtling ist mordverdächtig. Einige Zeitungen und Drecksblätter nehmen den neuen Mord zum Anlass, nachzufragen, wann denn endlich der Mörder im Fall Ottakringer Raubmord dingfest gemacht werde, vielleicht sei ja auch hier ein Flüchtling der Mörder, obwohl eine serbische Putzfrau auch gut ins Feindschema passt.

Ein Reporter geht zu Dragica. Sie will ihn nicht in die Wohnung lassen, sie will überhaupt nicht mit ihm reden. Er erkundigt sich über sie in der Nachbarschaft.

Am nächsten Tag bringen die Kinder die Gratiszeitung mit nach Hause. Eine groß aufgeblasene Geschichte über eine schwarzarbeitende, untreue Putzfrau hat die Zeitung aus demGeschwätz gebastelt. Die schlampige Polizeiarbeit wird in dem Artikel auch beanstandet.

»Frauen können sich nicht mehr sicher fühlen, und die Ausländer sind daran schuld«, steht da.

Es wird wirklich Zeit, wegzuziehen. Dragica bereut jetzt, die Wohnung in Simmering nicht genommen zu haben. Für sie ist es schon schlimm, aber die Kinder haben noch mehr zu leiden. Sie hat mit den Lehrerinnen geredet, die wiederum haben den Schülern gesagt, dass die Frau Jovanovic keine Mörderin ist, weil sie sonst schon längst im Gefängnis wäre. Milica ist nach diesem Schultag sehr beunruhigt. Zwar glaubt sie an die Unschuld ihrer

Mutter, doch man kann nie wissen, was die Polizei macht. Ihre Onkel haben sie schließlich auch eingesperrt. Und wo würde sie mit ihren Geschwistern hingehen, wenn die Mama ins Gefängnis muss? Zur Oma nach Serbien? Ins kleine Dorf, das sie von den Sommerferien kennt? Schön ist es dort. Hinter dem Haus gibt's einen Bach, einen Kukuruzacker und einen Friedhof. Aber Schule gibt's in dem Dorf keine. Alle Kinder, die sie dort kennengelernt hat, gehen in Wien in die Schule.

Kowarik fällt ein, dass sie nie nach Männerbekanntschaften des Opfers gefragt haben. Sie haben überhaupt nichts recherchiert, weil es ja nur die Putzfrau oder ihr Gschamsterer sein kann! Leider ist sie es aber nicht und der passende Mann lässt sich nicht finden. Er muss also wieder mit dem Sohn des Mordopfers reden. Der weist entrüstet zurück, dass seine Mutter – in ihrem Alter! – einen Freund oder gar Bekanntschaften in der Mehrzahl gehabt haben könnte. Kowarik fragt, ob es denn Freundinnen der Mutter gebe; ja, die gebe es schon, wenn auch nicht viele. Einige der Damen sind schon gestorben, aber eine Frau Pertl oder Bertl oder so ähnlich sei eine Freundin gewesen. Sie wohne in einem Seniorenwohnheim im neunten Bezirk.

Mehr weiß er nicht.

Gefunden wird schließlich eine Frau Bartel, sie freut sich sehr über Kowariks Besuch, hält ihn für ihren Neffen und zeigt ihm alte Familienfotos.

»Die Franzi«, sagt sie, »so eine gute Seele. Aber als sie jung war, da hat sie es gekonnt!«

Sie erzählt ihm wilde Geschichten aus ihrer Jugend. Es kommen einige gemeinsame Freunde vor. Die Namen, ja, die Namen weiß Frau Bartel nicht mehr so genau.

Ob einer dieser Männer heute noch mit Frau Auinger befreundet sein könnte?

Frau Bartel lacht und sagt: »Alle tot, alle, alle tot.«

Zum Schluss kommt dann doch noch etwas Interessantes

heraus: Die Auinger Franzi hat der Bartel-Tochter Ohrringe geschenkt, mit Perlen und Diamanten, wertvoll.

Kowarik hat endlich eine neue Spur. Eigentlich ist er überhaupt nicht neugierig auf neue Spuren. Aber solange sie der Putzfrau, dieser Tschuschin, nichts nachweisen können, muss er sich mit dem Gedanken anfreunden, noch eine Person zu befragen, zu überprüfen, den ganzen Zirkus halt.

Der Mord in Niederösterreich ist aufgeklärt, einige Flüchtlinge sind von der Polizei tagelang sekkiert worden, stets von großen Berichten in den Drecksblättern wie von neuen Abschiebungsphantasien vom blauen Innenminister begleitet. Aber leider war der Täter der Exfreund des Opfers, ein waschechter Österreicher mit waschechten österreichischen Vorfahren; Internetbekanntschaft, polizeibekannt als Heiratsschwindler und Trickbetrüger.

Dass so alte Weiber – die ermordete war 56 Jahre alt – überhaupt das Internet kennen!, brummt Kowarik, und was braucht die in ihrem Alter noch einen Haberer? Er ist 39 und hat das Sexualleben, zumindest was seine Frau betrifft, gerade beendet.

Seine Frau hat ihm zum Geburtstag einen Zen-Garten für den Schreibtisch geschenkt. Das ist nicht mehr als eine Art Tablett, gefüllt mit Sand und ein paar Steinen. Dazu gibt's einen kleinen Rechen. Das Rechen im Sand soll entspannend wirken. Der Zen-Garten steht auf seinem Schreibtisch, Leitner meint, er könnte alle Spuren, die im Sand verlaufen, mit den Fingern in diesen Sand tupfen und dann glattrechen. Er zerkugelt sich dabei vor Lachen.

Kowarik spürt wieder seine Wut. Auf wen? Auf den Leitner? Auf seine Frau? Auf das Verbrechergesindel?

Fast hatte Kowarik den ungeklärten Mordfall in Ottakring schon vergessen, aber der neue Mord erinnert ihn wieder daran, das geht so nicht. Er muss alles nachlesen, alle Protokolle, und die Bilder wieder anschauen. Er ist doch einer, der Morde aufklärt! Also geht er die Liste seiner Verdächtigen durch, da stößt er auf eine, die er bisher noch gar nicht verdächtigt hat, eine gewisse Karin Zach.

Leitner hat alles Mögliche über sie zusammengetragen, nichts Aufregendes, bis auf eine Sache: Diese Frau, eine Pensionistin, umgibt sich mit Flüchtlingen, geht mit ihnen auch zu den Interviews bei der Fremdenpolizei – so heißen beschönigend die Verhöre, die meistens zu einem negativen Asylbescheid führen. Wenn solche Leute wie diese Zach im Spiel sind, gibt's andauernd Berufungen und Beschwerden. Zum Glück geht den Kowarik das nichts an. Aber so ein Afghane mit einem Messer, die haben ja alle immer riesige Messer eingesteckt, könnte es schon gewesen sein!

Leitner winkt ab, die Alte ist doch mit einer Krücke erschlagen worden. Da war kein Messer im Spiel.

Kowarik, ein Anhänger der Abschiebepartei, findet die Idee mit dem Afghanen sehr gut. Die Zach könnte einem ihrer Flüchtlingsburschen die Tür aufgemacht haben und der hat die alte Auinger erschlagen, während die Zach nach Geld und Wertsachen gesucht hat.

Leitner schüttelt den Kopf. Diese Frau sei damals in dem Haus nicht in Erscheinung getreten.

Aber sie hat die Hasenberger gekannt, *Haselgruber*, verbessert

Leitner ihn, wurscht, sagt Kowarik, die versoffene Dichterin halt. Die hat sie gekannt, das geben alle zu, viel mehr geben sie aber leider nicht zu. Und die Zach ist so eine linke Emanze und Demonstrantin, da passt ein Mord gut ins Bild.

Leitner schüttelt wieder den Kopf. Leider seien gerade solche nicht besonders geldgierig und somit nicht motiviert, einen Raubmord zu begehen.

Kowarik will es noch immer anders sehen, immerhin hat die Zach einmal einen Polizisten angespuckt.

Leitner meint, einen Polizisten anspucken und jemanden umbringen seien zwei ganz verschiedene Paar Schuhe.

»I bstö de her, i bin da Vuagsetzte!«

Kowarik tut es schließlich doch nicht, denn konkrete Verdachtsmomente gibt es nicht. Und hätte der alte Gruber hinter seinem Türspion einen Afghanen gesehen, so hätte er ihnen das ganz sicher erzählt.

Leitner findet noch mehr über die Zach heraus. Ein Streber, denkt Kowarik.

Karin Zach, die Alte mit den roten Schuhen, wurde auch schon in besetzten Häusern gesehen, sie soll sogar junge Leute zu solchen gesetzeswidrigen Handlungen angestiftet haben.

»Von einer in meinem Alter«, sagt sie, »erwarten die Leut, dass sie Tauben füttert oder für die Enkerln strickt. Meine Enkeltochter besetzt Häuser, und ich geh sie besuchen und koch ihr was, damit sie auch was Anständiges zum Essen haben, sie und ihre Freundinnen und Freunde.« Neuerdings kocht sie nur noch vegan.

»Ein bisserl wild ausschaun tuns halt, die jungen Leut, aber lieb sind s' doch, die traun sich wenigstens was. So wie wir früher, aber das ist lang vorbei.«

Karin sitzt schon einmal inmitten bunthaariger, junger Leute, verteilt ihre Smart und trinkt Tee. Sie und Karli halten große Reden über das Böse in der Welt. Karli möchte am liebsten alle Hausbesitzer – »-besitzerinnen!«, ruft eine blauhaarige Frau dazwischen, eine grünhaarige meint: »Bei den Ärschen kannst dir das *innen* sparen« – umbringen. In ihre teuren Löcher locken und abstechen oder eins zwischen die Augen schießen.

Karin bedauert, mit Waffen nicht umgehen zu können, »in meinem Alter«, meint sie, »könnt ich schon einen umbringen, da is lebenslänglich auch nicht mehr so viel.«

Leider gibt es hunderte von Hausbesitzern, Hausverwaltungen, Immobilienmaklern und andere Leute, die sich mit Wohnungen eine goldene Nase verdienen wollen. Karin müsste wenigstens tausend Leute erschießen, rechnet Lis, ihre Enkelin ihr vor, die sowieso Pazifistin ist. So geht's also nicht.

Karli breitet seine Bombenpläne aus, Hausverwaltungen sprengen, alle in einer Nacht, das wär's, dann sind sie weg, die Schweine. Aber dazu müssten erst hunderte Leute hunderte Bomben schmeißen – und diese Leute gibt's nicht.

Karin propagiert den Kleinkrieg, hier ein Schloss mit Superkleber zusperren für immer, dort unter falschem Namen Besichtigungstermine ausmachen – Karin hat ja Zeit.

»Aber so änderst du nie wirklich was«, sagt Lis.

Ihre pazifistischen Freundinnen finden solche Aktionen aber gut. Karin hebt zu einem Vortrag gegen Gewalt an, in Wirklichkeit sieht sie sich als Friedensfrau. Ziviler Ungehorsam jederzeit, aber Bomben: nein.

Karli ist enttäuscht, ganz so ernst nimmt er seine Bombenphantasien selber nicht, aber man wird doch noch träumen dürfen.

Ingrid geht wieder zu einem Abend der Krimifrauen. Sie lernt beim Rauchen vor der Tür eine neue Autorin kennen. Eine alte Frau, mindestens 75, schätzt Ingrid. Rosina, die historische Romane schreibt, aber auch Krimis mit realem Hintergrund, weil sie Schreibkraft im Sicherheitsbüro war. Sie will sich nur einmal anhören, was andere Frauen schreiben. Wenn sie sich an einem neuen Krimi zu schaffen macht, geht sie immer noch fragen, ob sie darüber schreiben darf. Aber sie ändere sowieso alles so ab, dass man die wahre Geschichte nicht mehr erkennen könne, sagt sie.

Ingrid erzählt ihr von dem Mordfall. »Des is a längere Gschicht«, sagt sie, »gemma wos trinken.«

Sie gehen ins Weinhaus Sittl, setzen sich in den Gastgarten. Rosina geht gern hierher, weil es gebackenen Karfiol gibt, ihre Lieblingsspeise. Daheim will sie sich die Patzerei nicht antun. Seit ihr Mann gestorben ist, war sie nicht mehr im Sittl. Alleine ausgehen, das ist nichts für sie. Nach dem Essen lässt sie sich alles haarklein und noch einmal und noch einmal erzählen.

»De haum wos iwaseng«, sagt sie zum Schluss, »imma gengans auf de Fraun los, und imma auf de Ausländarina, Deppen, i bin jo auf meine oidn Tog Feministin wuan.«

Rosina meint, die polnische Putzfrau, von der der Gruber gesprochen habe, müsse doch zu finden sein; wenn die bei der Toten geputzt hat, hat sie woanders auch geputzt, man müsse halt die Leute fragen, oder wenigstens den Sohn. Vielleicht gibt's noch einen alten Kalender mit einer Telefonnummer. Alte Leute heben ja alles auf. »Des moch i a«, sagt sie.

Als Dragan aus der Schule herauskommt, steht da seine Tante Vesna. Ganz zufällig sei sie hier in der Gegend, sagt sie, und so eine Freude, den lieben Dragan zu treffen, sagt sie. Was für ein schöner Tag voller Zufälle. Sie will mit ihm einkaufen gehen, vielleicht ein Computerspiel? Oh ja, das hätte Dragan gerne. Seine Mutter ist viel zu arm für ein solches Geschenk. Aber er braucht für das Spiel auch einen Computer. Sie haben noch immer keinen.

Er geht also mit Tante Vesna einkaufen. Die fratschelt ihn ordentlich aus, alles will sie über die Familie wissen, in welchen Kindergarten die Kleine geht, ob seine Mutter einen Freund hat, ob sie viel arbeitet, was er einmal werden will, wann er seinen Vater zum letzten Mal gesehen hat, und so weiter und so fort. Er kriegt einen Laptop mitsamt Computerspiel und ein Eis auch. Im Eissalon auf der Ottakringer Straße. Sogar Hohlhippen darf er sich nehmen.

Beim Eis fragt sie ihn, was er denn über den Mordfall wisse. Jetzt wird Dragan vorsichtig und erinnert sich, dass diese Tante und seine Mutter nicht die beste Beziehung zueinander haben.

Daheim erzählt er von dem Treffen, zeigt seiner Mutter voller Freude die Geschenke. Dragica würde am liebsten alles zurückgeben, der Cousine einfach auf die Türtacke schmeißen. Er sieht, dass sich seine Mutter über diese Geschichte sehr ärgert. Sie sagt aber nichts.

Kowarik geht noch einmal alles durch und befragt noch einmal die Hausparteien. Außer dem alten Gruber hat aber niemand etwas gesehen, und der bleibt dabei: der Student, die versoffene Dichterin, die Putzfrau, der Lieferant, sonst war da niemand. Gruber erinnert sich, dass um die Zeit des Mordes herum die Freundin des Studenten eingezogen ist.

Kowarik will keine neuen Verdächtigen. »De woas ned«, sagt er gleich.

»Vielleicht woas do der Lieferant?«, sagt Leitner.

Er solle sich nicht wichtigmachen, schnauzt Kowarik ihn an, aber bitte, wenn er, der Herr Leitner, alles besser weiß, soll er halt den Lieferanten suchen, von welcher Firma ist der denn gekommen? Bei wem war er?

Das weiß der Gruber leider nicht, da hat er zu spät durch den Spion geschaut. Die Bandscheiben spielen nicht mehr mit, da wird man langsamer. Aber wenn der Lieferant nicht bei der Auinger war, kann er nur bei der grauen Maus gewesen sein, oder in einem anderen Stock.

Leitner kommt drauf, dass sie diese Frau nie befragt haben, weil sie sie nie angetroffen haben. Also jetzt. Er will sie schnellstens befragen, die graue Maus.

Frau Doktor Isabella Eder wird vorgeladen. Sie ist Chemikerin und gar nicht so grau, wie der Gruber sie dargestellt hat. Gesehen und gehört hat sie nichts, sie war zu dieser Tageszeit natürlich arbeiten, im Labor einer Firma für chemische Grundstoffe.

Was chemische Grundstoffe seien, fragt Leitner.

Als sie zu einer ausführlichen Erklärung anhebt, winkt er schnell wieder ab. Das ist doch zu kompliziert für ihn. Er fragt sie lieber nach ihren Männerbekanntschaften.

»Ich bin lesbisch«, antwortet sie.

Leitner braucht dringend einen Kaffee. Ein Schnaps wäre besser, aber das geht im Dienst leider nicht mehr. Kowarik erzählt manchmal, wie sie früher in jeder Schreibtischlade einen Doppler gehabt hätten, damals, als er angefangen hat. *Lesbisch.* So direkt hat ihm noch niemand eine solche Mitteilung gemacht. Dabei ist sie eigentlich eine fesche Frau.

Der Lieferant, sagt die Lesbe, also jemand von einem Botendienst, könne durchaus bei ihr gewesen sein, sie bestelle öfter etwas im Internet.

»Aber welche Firma, und was?«

»Ich bitte Sie, das ist wochenlang her.«

Und wohin hätte der geliefert, wenn sie nicht da war?

»Vielleicht«, sagt sie, »in die Trafik unten oder in das Lokal ums Eck, oder zu einem Marktstandl. Da gibt's einen Kärntner, der verkauft Kasnudeln und nimmt Packerln an.« Sie weiß es nicht mehr.

Was sie denn so bestelle, fragt der Leitner auch noch.

»Gewand, Bücher, einfach alles«, sagt sie.

»Welche Bücher?«, fragt er. Welche Bücher bestellt eine Lesbe? Leitner hat Phantasien.

Die Antwort ist enttäuschend.

»Hauptsächlich Fachbücher«, sagt sie.

Und die Frau mit den rosa Haaren?

»Das ist meine Lebensgefährtin«, sagt sie.

»Aha. Und wos treibt die so?«, fragt Leitner.

»Sie ist Musikerin.«

»Aha. Und wo finden wir die Dame?«

»Zurzeit ist sie in Berlin.«

»Aha.«

Als sie gegangen ist, sagt Kowarik: »De woas ned, de hedads vagift, net darschlogn.«

»Und die Musikantin?«, fragt Leitner, »de kanntats a gwesn sein. De is in Berlin, kenntat jo a Flucht a sein, oder net?«

Kowarik ist gegen noch eine neue Verdächtige, weil das bedeutet nur noch mehr Arbeit. »Iwahaupt«, sagt er, »vü zvü Weiwa im Gspüü.«

Die Bartel-Tochter haben sie noch nicht einmal überprüft – und schon wieder eine Verdächtige.

Leitner nimmt die lesbische Chemikerin zum Anlass, ein bisschen im Internet zu stöbern. Rein beruflich sucht er Lesbenpornos, also Pornofilme, die so ausschauen, wie Männer sich lesbischen Sex vorstellen. Kowarik surft auch. Er interessiert sich für die neuesten Grillermodelle für seinen Garten. Die Bartel-Tochter hat bis morgen Zeit, die Musikantin auch, mindestens.

Rosina ruft Ingrid an, sie braucht Hilfe, ein Verlag würde ihren neuesten historischen Roman drucken, aber sie soll ihn elektronisch schicken. Sie machen aus, dass Ingrid Rosina besucht.

Der Wellensittich, »mei Hansi«, sagt Rosina, sitzt während des Kaffeetrinkens auf der Sessellehne des dritten Sessels beim Wohnzimmertisch. Das ist der Platz ihres vor Kurzem gestorbenen Mannes. Der hat den Hansi so gern gehabt, »jez muassa mid mia allanich zfriedn sei und i mid eam«.

Rosina zeigt Ingrid einen ganzen Stapel Romane, Krimis und historische Romane. Getippt hat sie alles auf ihrer alten Schreibmaschine, für die es keine Farbbänder mehr gibt. Als Schreibpapier hat sie grünliche Formulare aus dem Sicherheitsbüro mitgenommen. Die waren schon zu ihrer Zeit nicht mehr in Verwendung. Sie hat davon noch einige volle Schachteln. Alle historischen Fakten hat sie recherchiert, ganz ohne Internet, in Bibliotheken und allen möglichen Archiven.

Ingrid versucht, ihr das Internet zu erklären; sie braucht es nicht, sagt Rosina, weil sie eh recherchieren kann, das sei Handwerk.

Dann erklärt ihr Ingrid, was damit gemeint ist, sie müsse den Roman elektronisch schicken. Aja, in den Computer hineintippen. Ingrid würde das für sie machen. Rosina fragt, ob sie wirklich selber einen Computer habe? »Einen Laptop«, sagt Ingrid. Den Begriff muss sie natürlich auch erklären.

»Eich junga Fraun heitzutoch geez guad«, sagt Rosina.

Sie vereinbaren ein Seitenhonorar. Rosina denkt eine Weile nach, füttert Hansi mit einem Haferflockenkeks. Endlich sagt sie: »Owa wia kumbdn des wieda aussa ausn Kombjuta?«

Ingrid muss sich auf die Lippen beißen, um nicht zu lachen. Sie erklärt ihr E-Mail, Drucker undundund.

»Drauf trink ma«, sagt Rosina und holt Wein aus der Küche.

Eigentlich wollte Ingrid nichts trinken, aber der Wein steht schon auf dem Tisch, und Rosina freut sich, dass sie jemanden zum Trinken hat. Alleine trinken, das ist nicht gut.

Leitner macht sich auf die Suche nach dem Lieferanten, er will seinem Chef beweisen, wie gut er ist. Er fragt in der Trafik, er fragt in dem Lokal in der Grundsteingasse. Der Kellner meint, er könne sich nicht alle Packerl merken und schon gar nicht alle Firmen und noch viel weniger die Gesichter der Boten. Die haben alle ein Kapperl auf. Der Trafikant sagt, das Packerlgeschäft mache seine Frau, die sei aber gerade auf Kur.

Also will Leitner alle Firmen abklappern, die an diesem Tag etwas geliefert haben könnten. Am zweiten Tag gibt er auf. Es sind eine Menge Firmen mit Hotlines, die mit den denkbar dümmsten Menschen besetzt sind. Zu einer Firma fährt er sogar persönlich hin und mit einer langen Liste wieder zurück. Er besinnt sich, dass der Täter wohl Ortskenntnis gehabt haben muss und pfeift auf die Liste.

Die Polizei hat gerade mit anderen Delikten alle Hände voll zu tun. Irgendeine Bande macht den Gürtel unsicher, es geht um Rauschgift, aber auch um mehrfach vermietete Wohnungen. Leitner ist hauptsächlich mit dem *Neffentrick* beschäftigt. Er entwickelt die Theorie, dass diese Neffenbanden etwas mit dem Ottakringer Mord zu tun haben könnten.

Blödsinn, sagt Kowarik.

Leitner versucht, ihm die Neffen schmackhaft zu machen. Es könnte ja sein, dass eine Neffenbande die Alte angerufen und ausgefratschelt hat. Die Bande hat in Erfahrung gebracht, dass da genug Geld herumliegt, aber die Alte wollte nicht übergeben, also haben sie sie umgebracht.

Ingrid tippt ein paar Tage lang an Rosinas Roman, einer wilden Liebesgeschichte im Florenz des sechzehnten Jahrhunderts. Ein sehr junges Mädchen wird an einen ziemlich alten Mann verheiratet. Dieser ist Bankier und hat den Vater des Mädchens in der Hand, weil der seine Kredite nicht bedienen kann. Die verschacherte Braut ist nur unglücklich, trifft durch einen Zufall einen jungen Handwerker, in den sie sich verliebt. Mit ihm flüchtet sie nach Mailand. Auf der Reise geschehen spektakuläre Dinge wie ein Raubüberfall, ein Blitzeinschlag, dazu treten Gaukler, Taschendiebe und allerhand andere seltsame Gestalten auf. Doch in Mailand können die Liebenden endlich glücklich werden.

Das ist nicht Ingrids Stil. Vor allem die schwülstigen Schilderungen irritieren sie. Noch mehr ist sie von den vielen Rechtschreibfehlern irritiert. Diese Frau ist Schreibkraft im Sicherheitsbüro gewesen in Zeiten, die ein Rechtschreibprogramm noch nicht gekannt haben. Offenbar hat diese mangelhafte Rechtschreibung niemanden gestört. Spannend ist die Geschichte schon. Als Fünfzehnjährige hat sie solche Abenteuergeschichten gerne gelesen, also wird wohl auch Rosinas Buch Leserinnen finden.

Die Bartel-Tochter wird ausfindig gemacht. Die Mutter war bei der Adresse nicht besonders hilfreich. Sie hat eine alte genannt. Die Tochter ist zweimal umgezogen, heißt auch anders, als die Mutter in Erinnerung hat, weil sie den zweiten Mann ihrer Tochter vergessen hat. Ohne zentrales Melderegister hätten s' die nie gefunden, sagt Leitner.

Kowarik und Leitner fahren miteinander hinaus zum Laaer Berg; nicht weit vom Böhmischen Prater entfernt wohnt Frau Irene Popovic. Sie macht die Tür auf, eine sehr große Frau.

Die Größe tät passen, denkt Kowarik sofort. Er fragt nach den Ohrringen.

»Ja«, sagt sie, »die hat mir die Franzi-Tant gschenkt, ein Ketterl a.«

Raubmörderin, denkt Kowarik, ah, endlich gefunden, doch Frau Popovic zeigt ihm mindestens zehn Jahre alte Fotos, auf denen sie mit den Ohrringen zu sehen ist.

»Und des Ketterl?«, fragt er.

»Das find ich nicht, hab ich's verlegt oder verloren, i weiß es nicht mea.«

Aha, gleich hab ich sie, denkt er und wirft dem Leitner einen triumphierenden Blick zu. Er fragt sie nach ihrem Alibi.

»Das is Wochen her, wenn nicht Monate«, sagt sie. »Keine Ahnung, was ich da gmacht hab, wahrscheinlich war ich arbeiten.«

Das muss überprüft werden. Die Ohrringe müssen hergezeigt werden, obwohl sie sicher nicht zur Diebesbeute gehören.

Kowarik macht ein Foto mit seinem Handy, um sie dem Sohn des Opfers zu zeigen. Irgendetwas muss man doch tun.

Von der Größe her könnte sie die Mörderin sein, vielleicht ist ihr der Sinn nach mehr Schmuck gestanden. Kowarik hält sie für unverdächtig, Leitner nicht.

Der anonyme Hinweisgeber, der sich als ahnungsloser Wichtigtuer entpuppt hat, will einen zweiten Liebhaber präsentieren. Er will Dragicas Brüdern eins auswischen, weil die ihn bei einem Autokauf betrogen hätten.

Dieser Autokauf, das wissen Kowarik und Leitner längst, war eine unsaubere Geschichte. Ganz unschuldig ist der rachsüchtige anonyme Hinweisgeber auch nicht.

Wind von der neuen Geschichte habe er bekommen, weil die Cousine eine Bekannte von ihm sei. Sie habe den Buben zufällig getroffen, und der habe ihr von dem Mordfall erzählt. Ja, mit einer Cousine ist er verheiratet. Die andere, die nur eine Bekannte ist, ist ja von der anderen Seite. Man kennt sie halt von Hochzeiten und Begräbnissen. Und manchmal treffe er sie zufällig irgendwo, zum Beispiel am Laaer Berg beim Grillen.

Kowarik will diese Geschichte ned amol ignorieren. Er hat keine Lust, serbisch-wienerische Verwandtschaftsverhältnisse verstehen zu sollen. »Loss mas«, sagt er.

Leitner tut so, als würde er recherchieren.

Aynur braucht Dragicas Hilfe, eine Kollegin von ihr hat eine Wohnung, die viel zu teuer ist. Und jetzt soll sie innerhalb einer Woche ausziehen. Die Kaution kriegt sie nicht zurück.

Du kennst doch Leute, die sich mit so was auskennen, sagt Aynur.

Schon hat Karin einen neuen Fall.

In der Österleingasse vermieten eine Polin und ein Mann Löcher von höchstens zwanzig Quadratmetern als Hostelzimmer. Aynurs Bekannte hat eine solche, zahlt fünfhundert Euro im Monat und muss dazu noch die Stiege putzen; die Polin und der schöne Achmed, angeblich ein Flüchtling, vermieten illegal.

Karin findet schnell heraus, dass sämtliche Behörden Bescheid wissen, aber niemand etwas unternimmt. »Weil niemand klagt«, sagt eine Frau von der Gewerbebehörde, so als ob sie nicht selber aktiv werden könnten.

Die Quartiere sind als Werkstatt gewidmet. Draußen scheint die Junisonne heiß vom Himmel. In diesen Löchern ist es eiskalt und feucht. Der schöne Achmed bedroht alle, die aufmucken, am liebsten seine Landsleute. Und Frau Elžbieta schreit gerne im ganzen Haus herum, droht abwechselnd mit der Polizei und ihren Freunden, die alle starke, polnische Bauarbeiter seien.

Aynur erzählt, eine Frau hätten sie einfach hinausgeschmissen. Es gibt keine richtigen Schlüssel, sondern Schlüsselkarten wie im Hotel. Einmal, als diese Frau von der Arbeit heimgekommen ist, hat sie ihren gesamten Hausrat draußen auf dem Gehsteig gefunden. Die Tür war mit ihrer Karte nicht mehr zu öffnen. Als sie geklopft hat, hat eine fremde Frau aufgemacht. Sie hat sich bei Frau Elžbieta beschwert. Daraufhin hat die ihr eine geschmiert.

Karin geht mit Aynurs Kollegin zur Schlichtungsstelle. Sie hat den Verdacht, Frau Elžbieta könnte die Mörderin sein. Immerhin ist sie eine große, magere, blonde Polin. Andererseits gibt es viele Polinnen in Wien, aber eine so bösartige kann es kaum ein zweites Mal geben.

Dragica wird wieder vorgeladen, sie geht mit der Anwältin zur Polizei. Alle sind freundlich zu ihr, aber sie hat trotzdem große Angst. Sie wird nach ihren Männergeschichten gefragt. Die Polizei weiß, dass ihr Exmann eine Vaterschaftsklage eingebracht hat. Mittlerweile steht fest, dass er tatsächlich der Vater ist. Wenn der aber zweifelt, hat er sicher einen Grund, sie solle doch endlich zugeben, dass sie einen Liebhaber hat, oder mehrere.

»Wia des hoid is bei eich Tschuschn ...«

Weiter kommt Kowarik nicht, weil die Anwältin ihm sofort mit allem droht, was nur möglich ist.

»Diese Frau ist als Österreicherin in Österreich auf die Welt gekommen«, sagt sie. »Mit demselben Recht könnte man wohl auch Sie so nennen, was wir selbstverständlich nicht tun. Außerdem ermitteln Sie nur gegen meine Mandantin, andere Tatverdächtige ziehen Sie nicht in Betracht. Ich finde das sehr rassistisch.«

Kowarik hat das Gefühl, sein Schädel könnte platzen, und beendet das Verhör. Er könnte jetzt ein Bier vertragen. Um Gesellschaft zu finden, schlendert er durchs Gebäude. Für alle Fälle hat er einen Schnellhefter dabei, falls jemand dienstlich fragen sollte, oder falls eine von diesen jungen Frauen vorbeistöckelt. Die haben es immer eilig.

Zufällig trifft Ingrid den Auinger im Lift. Er kommt grad vom Keller herauf. Sie steigt im Erdgeschoß ein. Dieses Zusammentreffen hätte sie gerne vermieden, aber sie schaut natürlich auf ihr Handy und sieht ihn erst, als sie schon eingestiegen ist. Er schaut sie böse an, sie schaut böse zurück.

Als im fünften Stock die Tür aufgeht, sagt er: »Mörderin.«

Sie dreht sich um und haut ihm eine runter. Die Watschen überrascht ihn so, dass er sich erst im sechsten Stock wieder bewegen kann. Er hört sie mit ihren Schlüsseln scheppern.

»Mörderin!«, schreit er durchs Stiegenhaus.

In der Wohnung angekommen, ruft er sofort Kowarik an, erwischt aber nur eine gelangweilte Frauenstimme. Er erzählt ihr von dem brutalen Übergriff der Verdächtigen.

»Wenn Sie Anzeige erstatten wollen, verbinde ich Sie weiter«, sagt die Stimme.

»Nein, ich will das dem Inspektor Kowarik erzählen.«

»Der ist nicht Inspektor«, sagt sie, »und da ist er auch nicht.«

Auinger ruft daraufhin halbstündlich an, bis die Frauenstimme ihm verspricht, Kowarik werde sich am nächsten Tag bei ihm melden. Ganz sicher.

Tatsächlich ruft Kowarik zurück. Der Auinger ist schon so böse, hat sich eine ganze schlaflose Nacht in Phantasien hineingesteigert, sodass er jetzt erzählt, der Freund von der Schnapsdrossel sei fix der Mörder.

Schon wieder eine neue Spur.

Ingrid wird vorgeladen und genauestens nach ihrem Freund befragt. Sie hat keinen.

»Eine fesche Frau wie Sie hat keinen Freund?« Kowarik und Leitner glauben das nicht. Also, wo ist der Freund? Name? Adresse?

Es gibt keinen Freund; Kowarik kann sich nicht damit zufrieden geben. Er fragt sie, woher sie die Frau Jovanovic kennt. Er fragt sie auch, ob sie die arme alte Frau nicht vielleicht im Rausch erschlagen hat und sich einfach nicht mehr daran erinnern kann. Er will sie provozieren.

Er fragt auch, warum sie dem armen, trauernden Herrn Auinger eine geschmiert hat, droht ihr, dass der sie anzeigen könnte. Sie lässt sich nicht einschüchtern.

»Und gibt's einen Exfreund?«, fragt Leitner. Dass der immer die besseren Fragen stellen kann, ärgert Kowarik.

Ja, den gibt's, der ist in Amerika.

Aha, sagt Kowarik, mit der Beute geflüchtet!

Ingrid lacht schallend. Sie kann die zwei einfach nicht ernst nehmen. Der Mann ist seit drei, vier Jahren in Amerika.

»Und von was lebt so a Dichterin?«, fragt Kowarik. »Dichtn is jo a brotlose Kunst.«

Er hat sich bemüht, ein Buch von Ingrid zu finden. Irgendeine von diesen jungen gescheiten Frauen, die irgendwo im Gebäude arbeiten, hat dieses Buch aufgetrieben. Er hat sogar ein Gedicht gelesen. Also für ihn müsste diese Dichterin nichts schreiben. Ein Gedicht war ihm schon genug. »Ich habe geerbt«, sagt Ingrid, »und ich arbeite Teilzeit in einer Bibliothek.«

Dragica hat eine neue Kundin gefunden. Bei der putzt sie einmal in der Woche. Das ist leicht verdientes Geld, findet sie. Die Frau macht fast keinen Dreck. Nur ein bisschen staubwischen und bügeln muss sie. Manchmal gießt sie die Blumen. Doch bald schon sagt die Kundin zu ihr: »Jetzt wird's bald bunter bei mir, meine Frau zieht nächste Woche ein, mit ihrer Katze.«

»Was?«, fragt Dragica. »Haum Se gsogt, Ina Frau, Frau Helga?«

Ja, sagt sie, wir heiraten demnächst.

A Frau und a Frau! Dragica plumpst auf die Couch, Schmäh, oda? Sie kann das nicht glauben. Sie hat gehört, dass jetzt zwei Männer heiraten dürfen, aber zwei Frauen auch? Helga lacht. Dragica muss sich an einen solchen Gedanken erst gewöhnen. Eine so liebe Kundin und dann das!

Karin hat eine Wohnung für Dragica gefunden, über Bekannte um drei Ecken, im zweiten Bezirk. Sie gehen sie miteinander besichtigen. Na ja, Wohnung. Ein besseres Loch. Aber deutlich billiger als ihre jetzige, und weit und breit keine Mieterhöhung in Sicht. Gleich kann sie nicht umziehen. Das Bad muss noch repariert werden. Und vor allem muss die Kaution aufgetrieben werden. Die für ihre Wohnung kriegt sie erst zurück, wenn sie ausgezogen ist. Die neue Kaution muss sie aber vorher zahlen. Wie soll sie das Geld auftreiben?

Karin hat die Idee, die Anwältin könnte sich darum kümmern. Oder Dragica soll sich das Geld kurzfristig ausborgen. Oder die beiden Hausverwaltungen reden miteinander.

Dragica ist so aufgeregt wegen der neuen Wohnung, dass sie fast vergisst, eine Tatverdächtige zu sein. Doch sie wird wieder daran erinnert: Die Polizei hat neue Erkenntnisse.

Ein Zeuge ist wie aus dem Nichts erschienen, er gibt an, dass er Dragica gesehen haben will, wie sie am Mordtag mit Krücken ins Haus der Ermordeten gegangen ist. Erscheint wie aus dem Nichts, jetzt, wo wir schon so viel gearbeitet haben, ärgert sich Kowarik.

Wieder fährt die Funkstreife vor und holt Dragica mit Blaulicht ab, als sie gerade vom Brunnenmarkt mit vollen Einkaufssackerln auf dem Heimweg ist.

Wieso kommt einer Monate später daher und weiß ganz genau, dass an dem bestimmten Tag jemand Krücken in das Haus getragen hat? Wieso hat er das nicht schon viel früher erzählt?

»Jo mei«, sagt der neue Zeuge, »i hob's vergessen, is mir erst jetzt wieder eingfallen beim Plauscherl mit der Nachbarin über diesen neuen Frauenmord.«

Schon wieder ist eine Frau ermordet worden, schon wieder in Niederösterreich, schon wieder ist ein Flüchtling verdächtig. Eine große Diskussion über Gewalt an Frauen auf der einen Seite und Hetze gegen Flüchtlinge auf der anderen Seite wogt durchs Land. Das Verhältnis zwischen Männern und Frauen müsse sich ändern, fordern die einen. Flüchtlinge müssen sofort eingesperrt und abgeschoben werden, die anderen. Doch bei diesem Mord gewinnt keine Seite:

Eine Niederösterreicherin ist die Täterin. Damit ist der Fall für die Medien sofort uninteressant.

Doch der Krückenzeuge hat sich erinnert. Dragica wird befragt, wann genau sie wo die Krücken besorgt hat.

Die Krücken hat sie für eine ihrer Kundinnen von der Krankenkassa geholt, weil diese Kundin eine Hüftoperation hatte.

Wer? Wo?

Diese Frau wohnt tatsächlich im Mordhaus, aber die Krückenlieferung fand auf den Tag genau eine Woche früher statt. Das hat wieder eine von diesen jungen Frauen im Gebäude herausgefunden.

Kowarik sind diese Frauen unheimlich. Eigentlich sind ihm gerade alle Frauen unheimlich.

Leitner fragt den Auinger, ob seine Mutter ihm etwas vom Neffentrick erzählt habe. Der weiß nicht, was das ist.

Leitner erklärt: Jemand ruft an, gibt sich als Neffe aus, fragt die liebe Tante, na, was glaubst du, wer ich bin, ich bin dein Neffe, wir haben uns lange nicht gesehen. Oder so ähnlich. Dann sagt die Tante einen Namen. Der Neffe gibt vor, so zu heißen – und schon ist das schönste Frage-Antwort-Spiel im Gang. Die alte Frau wird nach ihrem Vermögen ausgefragt. Der Neffe braucht dringend Geld für eine Wohnung oder weil er einen Autounfall mit Totalschaden gehabt hat oder weil er todkrank ist, oderoderoder. Dann soll die alte Frau das Geld übergeben, irgendwo in einem Park.

Komisch, denkt Leitner, ich hab noch nie gehört, dass alte Männer betroffen sind. Na ja, vielleicht genieren die sich so, dass sie nicht zur Polizei gehen.

Der junge Auinger sagt, ja, seine Mutter habe ihm erzählt, dass sie einmal so einen Anruf gekriegt habe. »Aber«, sagt er, »meine Mutter war alt, nicht deppert. Sie hat den abgewimmelt.«

Ist das jetzt schon wieder eine Spur?, fragt sich Leitner. Kowarik würde sicher abwinken.

Rosina Baumgarten besucht die Polizei, sie will wieder einen Krimi schreiben. Der Kowarik, wurde ihr gesagt, der sei für diesen Fall zuständig gewesen. Den könne sie fragen.

Sie bringt Krapfen mit, lässt sich von Kowarik auf einen Kaffee einladen. Die Unterhaltung läuft dahin, sie erfährt einige Details, die sie brauchen kann. Doch dann fragt sie nach dem Raubmord in Ottakring.

Kowarik wird sofort grantig.

Ja, sagt er, komischer Fall. Keine Verdächtigen außer der Putzfrau, der Tschuschin. Der alte Gruber hat sie gesehen, aber sie war's nicht!

Rosina schimpft mit ihm, weil er so rassistisch ist. Sie sei früher auch so gewesen, aber draufgekommen, dass das blödsinnig ist.

Er will noch einmal über die Ausländer, die viel krimineller als die Österreicher seien, zu sprechen kommen: Sie droht ihm mit dem Zeigefinger. Also, sagt er, sie hat einen Komplizen, der nicht auffindbar ist. Die Tschuschin mauert, die anderen Weiber mauern auch. Eine muss doch was wissen!

»Habts ihr den Alten gefragt, wie die Putzfrau ausschaut?«, fragt Rosina Baumgarten.

Nein, Kowarik hat nicht gefragt, ist doch eh klar, dass diese Jovanovic die Putzfrau ist.

»Geh hin und frag ihn«, sagt die alte Frau, bevor sie sich verabschiedet. Eine Gegenüberstellung sollen sie machen.

Die alte Fee, das kann sie, immer alles besser wissen, brummt der Kowarik vor sich hin. Eine Gegenüberstellung … ein Aufwand, der sicher für die Katz ist.

Er geht aber zumindest zum Gruber, um zu fragen, wie denn die Putzfrau ausschaut.

»Na die lange, dürre, gachblonde Polackin war's!«, sagt der alte Mann.

»Ja warum haben Sie denn das nicht gleich gesagt!«, schreit Kowarik.

»Hab eh gsagt, die Putzfrau war's!« Gruber ist beleidigt.

»Aber die ist doch klein, dick und schwarzhaarig«, brüllt Kowarik, »das genaue Gegenteil!«

»Das is ja nicht die Putzfrau, das is die *Bedienerin*!!! Das is ganz was anderes. *Einkaufsfrau*!!«, schreit Gruber zurück, und: »Brauchen S' an Schnaps?«

Ja, Kowarik braucht einen Schnaps, mindestens einen.

Gruber stellt einen Barack auf den Tisch. Diesem grantigen Kieberer gönnt er den Zirbengeist nicht.

Dem graut schon vor der neuen Verdächtigen. Jetzt müssen alle, die die Auinger gekannt haben, wieder befragt werden, ob sie die Polin kennen. Jetzt sind alle bisher verdächtigen Weibsbilder vielleicht Zeuginnen!

»Des hodma grod no gföd«, brummt er, bevor er sich noch ein Stamperl einschenken lässt.

Als der Polizist gegangen ist, holt sich der Gruber ein Flascherl von seinem burgenländischen Roten. Dass die Leute so viel Schnaps saufen müssen, sagt er zu der Flasche.

Ingrid und Karin sitzen mit Dragica in deren Küche, die Kinder schlafen schon. Sie besprechen Dragicas Umzug. Jetzt kommen bald die Sommerferien, in zwei Wochen schon. Danach könnten die Kinder gleich im zweiten Bezirk in die Schule gehen. Dort wird niemand sie für die Kinder einer Mörderin halten. In den Ferien fahren sie nach Serbien, Dragica hat dann genug Zeit für den Umzug. Und wenn sie zurückkommen, sind sie schon in der neuen Wohnung. Dort hat sie ein Kabinett mehr. Da wird sie sich ihr Zimmer einrichten. Die Kinder werden weiterhin zu dritt in einem Zimmer schlafen müssen, aber das Wohnzimmer wird wirklich ein Wohnzimmer sein und nicht zugleich ihr Schlafzimmer. Finster ist die Wohnung aber.

Bei den Sommern heutzutage, sagt Karin, ist es eh besser, wenn die Wohnung nicht von der Sonne aufgeheizt wird.

Karin kennt einen Mann mit einem Kleinlaster. Der und ein Freund von ihm werden den Umzug machen, preiswert. Karin wird versuchen, von der Caritas oder von Licht ins Dunkel eine finanzielle Unterstützung zu kriegen. Dragica ist immer noch im Privatkonkurs.

Die Neffen haben zugeschlagen, eine Frau in Währing ist das neueste Opfer, sie hat tatsächlich einem vermeintlichen Freund ihres vermeintlichen Neffen 25.000 Euro übergeben, am Brunnenmarkt. Leitner und die Kollegin Schwarzmann bearbeiten den Fall.

Warum am Brunnenmarkt?

Die Frau erzählt, der Neffe habe gesagt, es müsse da sein, weil seine Verlobte von einem Geiselnehmer in einem Marktstandl versteckt werde.

Aber wieso hat sie das geglaubt?

»Das war alles so echt«, sagt sie, »und der hat so viel gwusst, was er als Fremder gar nicht hätt wissen können.«

»Jo«, sagt der Leitner, »das is die Masche, die fragen Sie einfach aus, bis Sie glauben, die wissen ois.«

Die Tochter der Frau ist auf den Betrug draufgekommen, aber da war es schon zu spät.

Leitner versteht die Welt nicht mehr; das sind Leute, die sogar misstrauisch sind, wenn die Nachbarin läutet, die Nachbarin, die auch schon vierzig Jahre im selben Haus wohnt. Aber wenn da einer anruft mit einem tschechischen Akzent, glauben sie sofort, dass das ihr Neffe ist.

Kowarik lässt alle seine Verdächtigen befragen, ob sie diese polnische Putzfrau kennen. Doch niemand kann sich an sie erinnern. Nein, sagen alle, eine Polin hätten sie bei der Frau Auinger nie gesehen. Sie habe auch nie von einer Polin erzählt.

Dabei hat sie immer gerne Geschichten erzählt, von ihrem Mann, von ihrem Sohn, von ihren Reisen, von ihren Theaterbesuchen. Viele Geschichten hat sie für ihre Besucherinnen neben Kaffee und Kuchen serviert. Gar nicht so uninteressant waren diese Geschichten. Sie ist viel herumgekommen in der Welt. Als ihr Mann noch gelebt hat, ist sie mit ihm gereist, später dann nur noch mit den Pensionistinnen oder manchmal mit ihrem Sohn. Am Gardasee war sie gerne.

Kowarik denkt an seinen Urlaub. Bevor er sich auf seinen südburgenländischen Bauernhof zurückziehen wird, will er alle Arbeit erledigt haben. Bauernhof ist eine Übertreibung. Gekauft hat er eine baufällige Keusche, ein bisschen renoviert, eine Terrasse dazugebaut. Winterfest ist das Häusl nicht.

Er listet seine Verdächtigen auf, weil Leitner unbedingt eine Spur zu den Neffen herstellen möchte.

Die Hauptverdächtige ist Dragica Jovanovic,

und ihre Brüder, also eigentlich nur ein Bruder, weil der zweite noch im Häfen sitzt,

dann Ingrid Haselberger, die Dichterin,

dann die lesbische Chemikerin Isabella Eder,

ihre lesbische Freundin, die Musikantin, deren Namen er sich nicht aufgeschrieben hat,

dann Irene Popovic mit dem geschenkten Schmuck,

und ihre Mutter, obwohl die offensichtlich leicht dement ist, aber gerade solche Leute sind zu allem fähig,

dann der Sohn, der ein verdächtig gutes Alibi hat,

und seine Geschiedene,

dann Karin Zach, die hilfsbereite Pensionistin, die sich mit jugendlichen Afghanen herumtreibt, und zum Schluss die polnische Putzfrau, von der niemand etwas weiß, vielleicht gibt es die gar nicht, oder die unbekannten Fingerabrücke in der Tatwohnung stammen von ihr.

Vielleicht war es ja Josef Gruber, den er bis jetzt überhaupt nicht verdächtigt hat.

Wirklich verdächtig ist eigentlich niemand auf dieser Liste. Es fehlt an Indizien, es fehlt auch jede Spur von der Beute, nirgends ist die Münzsammlung aufgetaucht. Das ist mehrfach überprüft worden.

Kowarik wird sich heute einen Grill kaufen. Am Wochenende wird er ihn aufstellen und ein paar Steaks grillen. Vielleicht fällt ihm dabei etwas ein. Die eingeladenen Kollegen haben nach ein paar Bieren hoffentlich auch Ideen.

Aber vorher geht er noch einmal zum alten Gruber. Der erwartet ihn schon vor der Tür, er hat ihn in seinen Spiegeln gesehen. Sie unterhalten sich eine Weile über die Hitze, ob es wieder so schlimm werden wird wie letztes Jahr.

Ob in den Ferien, wenn fast niemand in Wien ist, die Wohnungseinbrüche mehr werden, fragt Gruber interessiert. Er leidet jetzt schon unter der Hitze und trinkt daher bei Tag keinen Alkohol, Kowarik bietet er ein Cola an. Der lehnt ab.

»Na, do kriag i Leis im Mong.«

Gruber schenkt ihm einen Zwetschkenen ein. Kowarik findet Grubers Wohnung nur mit einem Schnapserl erträglich. Gruber bleibt in Wien, hat sich vorgenommen, an den wirklich heißen Tagen ins Gänsehäufel zu gehen, wenn er vor lauter Hitze nicht zu müde dazu ist. Kowarik grübelt, wie er herausfinden könnte, ob er dem Täter gegenübersitzt. Da fragt der Alte schon.

»Wos woin S' wissn vo mia, Hea Inschpekta?«

»I bin ka Inschpekta«, sagt Kowarik. Dann fragt er ihn direkt, ob er die Frau umgebracht hat.

Gruber zeigt ihm seine arthritischen Hände; mit denen könne er keine starken Schläge austeilen, meint er. Er könne manchmal nicht einmal seine Weinflaschen aufmachen, so schlimm sei das.

Das leuchtet Kowarik ein. Falls er etwas Verdächtiges im Haus wahrnehmen würde, soll er anrufen.

»Oba sicher«, sagt Gruber.

Als er später Leitner davon erzählt, sagt der ganz trocken: »Jo, des waasi eh, hobi domois scho gseng.«

Kowarik spürt eine heiße Wut aufsteigen. Der hat das gesehen und nichts gesagt. Der lässt ihn dort hinrennen für nichts!

Die großen Ferien beginnen. Wien fällt in eine Hitzestarre. Dragica bringt die Kinder nach Serbien. Sie fahren mit dem Kleinbus einer Freundin, mit der sie nach einer Woche nach Wien zurückkommen wird. Bei der Hinfahrt ist das Auto vollgestopft mit Kindergewand und Kinderspielzeug für die weitläufige Verwandtschaft. Viele Dosen Spezialkatzenfutter für Omas uralte Katze sind auch dabei. Bei der Rückreise ist das ganze Auto angefüllt mit Sarma, frischen Fisolen, eingelegten gebratenen Paprika, Kirschenkompott, Speck, Kaimak und bunten Keksen, als ob in Wien die Hungersnot ausgebrochen wäre. Sliwowitz in Mineralwasserflaschen ist auch dabei, mehr als die erlaubte Menge. Vor der Reise hat Dragica sich Sorgen gemacht, dass die Polizei meinen könnte, sie wäre abgehaut. Die Anwältin und Karin beruhigen sie. Du bist sicher längst nicht mehr verdächtig, sagt Karin.

Die Freundin der Chemikerin ist da. Gruber hat sie gesehen und tatsächlich angerufen. So wie der »oba sicher« gesagt hat, hätte Kowarik nie geglaubt, dass er sich wirklich melden würde. Die Musikerin wird befragt. Ihre Haare sind jetzt tiefblau, was Kowarik sehr irritiert. Außerdem riecht sie komisch. Er versucht, an ihr zu schnuppern, sie dreht sich weg.

»Patchouli«, sagt sie.

Hanf, denkt Kowarik.

Sie hat ein Alibi, war zur fraglichen Zeit in der Musikschule, unterrichtet dort.

Auinger fährt nach Italien, Ingrid fährt zu ihrer Mutter nach Salzburg. Sie wollen wandern gehen. Das könnte ein gutes Mittel gegen ihre Sauferei sein, denkt sie. Sie dürfen halt nicht zu viel in den Hütten einkehren. Sie sitzt schon im Zug, als Rosina anruft. Das Buch wird demnächst erscheinen, im Herbstprogramm. Ob Ingrid sich den Verlagsvertrag anschauen könne. Aber das muss schnell gehen. Nach einigem Hin und Her machen sie aus, dass Rosina die Kopien per Post an die Adresse von Ingrids Mutter schickt.

Karin fährt mit ihren Enkelkindern ins Burgenland zu ihren Eltern. Beim Tanken in Güssing trifft sie Kowarik. Das fängt ja gut an. Sie macht Smalltalk mit dem Kieberer. Die nächsten Wochen werden sie in Nachbarschaft verbringen.

Kowarik hat zur Einweihung seines neuen Grills auch einen Nachbarn eingeladen. Franz ist ebenfalls ein Wiener, aber mit einer Einheimischen verheiratet, deshalb weiß er immer, was in der Gegend passiert. Von ihm erfährt er, dass in der Nähe schon wieder eingebrochen worden ist. Einem Bekannten, eigentlich weitschichtig Verwandten seiner Frau, einem pensionierten Lehrer, sei eine Münzsammlung gestohlen worden.

Münzsammlung? Münzsammlung! So wie beim Ottakringer Raubmord, aber da gibt's bestimmt keinen Zusammenhang, glaubt Kowarik. Er verschwendet keinen weiteren Gedanken an Berufliches und widmet sich seinen Steaks. Die Kollegen diskutieren darüber, ob man Bier auf das Fleisch schütten soll oder nicht.

Die Zugezogenen bleiben meistens hinter ihren Thujenhecken beim Grill und beim Rasenmäherroboter. Die Äpfel von den Streuobstwiesen brocken sie nicht. Von den Kirschen haben sie nach ein, zwei Handvoll genug. Aber schön ist es hier. Und einen Supermarkt und eine Tankstelle gibt es in der Nähe.

Zu Fuß geht fast niemand, außer vielleicht wandern, also zwei Stunden Spazierengehen.

Zu den Heurigen fährt man am Abend mit dem Auto. Frösche, Kröten, Hasen, Eichkatzerln und Siebenschläfer liegen am Tag darauf flachgequetscht auf den Straßen. Manchmal erwischt es auch ein Reh. Die Igel werden von den Rasenmäherrobotern erledigt.

Man weiß nicht viel voneinander. So ist es ziemlich unwahrscheinlich, dass Karin noch einmal auf Kowarik trifft. Sie ist hier aufgewachsen, hat nach wie vor das Gefühl, heimzufahren, obwohl sie seit fast fünfzig Jahren in Wien lebt. Ihre Mutter erzählt ihr manchmal, in welches Haus wieder jemand aus der Wienerstadt eingezogen ist. Ihre Nichte putzt bei solchen Leuten gelegentlich am Wochenende. Manchmal bringt sie ein bisschen Tratsch mit. Seit Kurzem hat sie eine neue Kundschaft, eine ziemlich arrogante Wienerin, der man nichts recht machen kann. Sie bildet sich außerdem ein, dass jede Frau ein Auge auf ihren braun gebrannten Bodybuilderlover werfen könnte. Der trainiert den ganzen Tag mit Hanteln und seltsamen Geräten. Diese Stelle wird sie bald wieder aufgeben, aber momentan braucht sie das Geld zum Hausbauen, jeden Cent.

Dragica meldet sich bei Karin zurück, mir ist fad und heiß in Wien, sagt sie. Karin lädt sie ein, aufs Land zu kommen. Dragica lacht und sagt, sie habe jetzt wieder genug vom Landleben. Serbien sei nicht anders als das Burgenland, bis auf die Sprache. Der Juli ist heiß, wie soll da erst der August werden?

Noch heißer.

Dragica wird im August umziehen. Jetzt verbringt sie ihre Tage daheim. Am Abend fährt sie auf die Donauinsel zum Abkühlen. In Ottakring will sie noch immer nicht spazieren gehen. Zwar ziehen immer wieder Leute weg und andere Leute her, aber die Alteingesessenen wissen Bescheid. Der Salon Renate hat zugesperrt, sieht sie beim Einkaufengehen. Einige ihrer Damen hat sie immer dorthin begleitet. Die Hoffnung, für den Umzug eine Unterstützung zu kriegen, hat sie aufgegeben. Karins Bemühungen bei der Caritas und bei Licht ins Dunkel haben in einem Bürokratielabyrinth geendet. Sie muss also noch mehr putzen gehen. Aber wenn die Leute auf Urlaub sind, brauchen sie auch leider keine Haushaltshilfe.

Kowarik verbringt seine Tage hinter dem Thujenzaun und bastelt am Haus herum. Seine Frau und die Kinder sind jetzt auch da. Die Kinder wollen baden gehen. Ob er sein Bier im Garten oder im Bad trinkt, ist ihm ziemlich egal. Also geht er mit ihnen schwimmen. Manchmal trifft er dort Franz, der ihm immer die schrillsten Neuigkeiten erzählt. Schon wieder ist eingebrochen worden. Dieses Mal bei einer, die erst hergezogen ist. Ein paar Wochen ist sie erst da, und schon brechen die bei ihr ein. So ein Pech musst einmal haben. Gestohlen ist nichts worden, sagt sie. Ihr Freund hat die Polizei angerufen. Sie hat gemeint, das sei nicht nötig gewesen, weil ja nichts fehlt. Und das Fenster könne ja ihr Partner reparieren.

Kowarik ist auf Urlaub und im Burgenland sowieso nicht zuständig, er hört sich diese Geschichten also an und denkt dabei, dass es bei ihm nichts zu stehlen gäbe, doch: den Grill und den Rasenmäherroboter, alles andere ist nichts wert.

Als Kowarik aus dem Urlaub zurückkommt – Frau und Kinder bleiben im Burgenland –, lässt er sich berichten, was derzeit am Laufen ist.

Leitner beschäftigt sich immer noch mit den Neffen. Eine Verdächtige haben sie ausfindig gemacht, eine Polin, die schon wegen Betrugs polizeibekannt ist. Sie hat einige Leute mit Mehrfachvermietungen betrogen, immer Kautionen und Anzahlungen kassiert, aber nie zurückgezahlt. Eine Wohnung hat sie an bis zu fünf Parteien vermietet. Und jetzt ist sie beim Neffentrick aufgetaucht.

Eine Frau, der mit dem Neffentrick Geld abgeluchst werden sollte, ist rechtzeitig zur Polizei gegangen. Leitner und die Kollegin Schwarzmann haben eine Übergabe inszeniert, dabei ist diese Frau gesehen worden. Leider ist sie vor der Übergabe verschwunden. Das Geld, also das Packerl Altpapier, ist nicht abgeholt worden. Seither fehlt von der Polin jede Spur. Doch Leitner hält sie für die Mörderin der Franziska Auinger. Die Personenbeschreibung würde passen.

Kowarik studiert die Akten zum Fall Auinger und den Neffenbanden.

Die Polin, Elżbieta Schmitt, seit Kurzem von einem Deutschen geschieden, ist wegen Betrugs vorbestraft. Es geht immer um verbotene Ablösen, Mehrfachvermietungen und Kreditbetrug. Nun ist sie an derselben Adresse gemeldet wie ihr polnischer Ex-Ehemann. Auch er ist polizeibekannt, auch er ist wegen ähnlicher

Betrugsdelikte vorbestraft. Dass die jetzt alle mit den Neffenbanden zu tun haben, ist neu.

Am Wochenende besucht Kowarik seine Familie auf dem Land. Er will wieder grillen.

Franz, der Nachbar, kommt mit ein paar Flaschen Wein auf Besuch. Er erzählt ihm wieder eine seiner Raubersgschichten. Die Polizei hat eine Einbrecherbande erwischt. In einem Haus, das eines der Bandenmitglieder gemietet hat, haben sie die Beute gefunden, darunter auch viele Münzen in mehreren Plastiksackerln. Vermutlich stammen sie aus einer oder mehreren Münzsammlungen.

Alben oder Kassetten sind nicht dabei, die wurden wahrscheinlich weggeschmissen.

Einer hat gestanden, dass die Münzen aus dem Haus dieser gerade neu Zugezogenen stammen. Aber die sagt, ihr fehlt nichts.

Kowarik notiert sich in seinem Oberstüberl, dass er gleich am Montag nachfragen wird wegen der Münzsammlung aus Ottakring; gegen die neue Burgenländerin hat er keinen Verdacht. Die Geschichte erinnert ihn nur an den noch immer unerledigten Fall.

Am Montag sind alle mit einem neuen Neffen-Fall beschäftigt.

Am Dienstag finden ein paar Besprechungen zu allen möglichen Themen statt. Die Besprechungen enden bei einem der Heurigen hinter dem Ottakringer Friedhof. Bei der herrschenden Hitze ein guter Platz für die Erholung.

Am Mittwoch herrscht Katerstimmung, weil es beim Heurigen und danach bei einem Würstlstand auf der Thaliastraße doch ein bisschen zu alkoholisch zuging. Und es herrscht Katzenjammer, weil es wieder nicht gelungen ist, einen Neffen dingfest zu machen.

Am Donnerstag taucht Elžbieta Schmitt wieder auf, sie wird von einer Funkstreife hergebracht.

»Homma noch der gefahndet?«, fragt Kowarik.

»I«, sagt Leitner.

Sie wird also wegen der Mordsache befragt, gesteht vor Schreck gleich allerhand bisher unbekannte Betrugssachen und ihren Ehebruch mit dem schönen Achmed. Für den Mord hat sie aber ein Alibi: Sie hat sich an diesem Tag scheiden lassen, in München.

»A Scheidung am Foschingdienstoch, woss ned ois gibt«, sagt Kowarik, und denkt darüber nach, ob seine Frau sich wohl auch scheiden lassen würde.

Zur Schmitt sagt er: »Ehebruch, des kenan S' beichtn, uns interessiert des ned.«

Am Freitag kommt er endlich dazu, nachzufragen, ob irgendwo eine gestohlene Münze aus der Auinger'schen Sammlung verkauft worden sei. Er muss schon wieder mit einer dieser jungen obergescheiten Frauen reden. Sie spricht irritierend schnell und hört sich an wie das deutsche Fernsehen. Immerhin entnimmt er ihrem Wortschwall, dass gestohlene Münzen aufgetaucht seien; welcher Provenienz wisse man noch nicht.

»Nau waun Se so schnöö oaweitn wia S' redn, Frau Kollegin«, sagt er, »weamma des jo boid wissen.«

Die Frau hält das für ein Kompliment. Sie fragt ihn, warum er das wissen will.

Er sagt, nur so, um auf dem Laufenden zu bleiben. Übers Wochenende fährt er wieder zu seinem Grill und zu seiner Familie.

Die Kinder wollen einen Hund haben, einer ihre Badefreunde hat ihnen Videos von jungen Hunden gezeigt. Einen davon könne er ihnen geben. »Und wer geht dann mit dem Viech gassi?«, fragt er sie. Doch das Hundethema ist damit noch lange nicht erledigt.

Kowarik geht zu Franz auf ein Bier, lässt sich den Dorftratsch schildern. Franz verspricht ihm, dass er mit dem Kieberer, von dem er die Geschichte mit den Münzen weiß, bei ihm vorbeischauen wird. Kurzer Dienstweg, sagt Kowarik.

Am Sonntagvormittag kommen die beiden, Kowarik baut den Grill auf, holt Bier, das wird ein richtiger Männersonntag. Seine Frau ist mit den Kindern baden gegangen. In Oberwart ist einem Händler eine Münze angeboten worden, irgendein unscheinbares Metallblattl, furchtbar wertvoll, weil Gold und römisch. Kowarik würde sich nicht bücken, fände er so was auf der Straße. Die Münze stammt nicht von dem Einbruch beim Lehrer.

Kowarik wird ein Foto auf sein Handy geschickt bekommen, aber erst morgen. »Es pressiert eh ned«, sagt er.

Als er das Foto kriegt, macht er einen Termin mit dem Auinger aus. Der ist noch immer in Italien, die fünfte Woche schon. Ob es nächste Woche auch noch gehen würde, fragt er.

Aber ja, meint Kowarik, ist wahrscheinlich eh nix, muss halt abgeklärt werden.

Der August ist mindestens genauso heiß wie der Juli. Dragica, Ingrid, Karin und Lena packen. Der Kleintransporter muss dreimal fahren, mehr Hausrat wird nicht übersiedelt. Karin hat bei »wien verschenkt« auf Facebook ein paar gute Möbel gefunden. Branko wird sie mit seinem Auto abholen. Man kann sich fast alles schenken lassen. Das Problem ist immer nur der Transport. Der Kleinlaster ist also ziemlich im Einsatz.

Branko, auch ein Cousin, will alles gratis machen. Dragica wird lange in seiner Schuld stehen, bis sie das wieder abgearbeitet hat. Gratis heißt nicht geschenkt, es heißt auf Gegenseitigkeit beruhend, ist also eine Art Kredit.

Dragica wird mit ein paar von ihren Cousinen aus dem Zweig der Familie, mit dem sie nicht zerstritten ist, die ganze alte Wohnung putzen. Blitzblank will sie sie übergeben, damit auch nicht das kleinste Dreckfuzerl beanstandet werden kann. Sie denkt das letzte halbe Jahr durch, eine furchtbare Zeit. Das wird sich mit dem Umzug hoffentlich zum Besseren ändern.

Brankos Kleinlaster wird auch nach Dragicas Umzug gebraucht. Lena hat endlich ein Lokal für ihre Galerie gefunden, nur ein paar Schritte vom ehemaligen Salon Renate entfernt. Das Haus soll abgerissen werden, aber erst in drei Jahren. Bis dahin kann sie dort arbeiten. Es gibt keine Kaution und keinen verrückten Hausherrn.

Das ganze Haus ist voll mit Ateliers, Studios, Galerien, Probekellern. Ein kleines Paradies auf Zeit für Künstler und Künstlerinnen. Ein veganes Lokal gibt's natürlich auch.

Ingrid trifft Rosina im Café Weidinger, weil im Sittl das Lesetheater auftritt. Mit einer von denen ist sie zerstritten. Rosina hat große Neuigkeiten: In zwei Wochen schon erscheint ihr Buch. Sie wird eine Präsentation machen, Ingrid ist natürlich herzlichst eigeladen.

»Und haums den Meada scho?«, fragt sie.

Ingrid erzählt ihr, was sie über die Mördersuche weiß.

»Schludrich san de«, sagt Rosina, »i glaub, i geh hin, de kenna jo de oame Frau ned dauand vafoing, des geht ned, scho weng de Kinda geht des ned.«

Ingrid erzählt ihr, dass Dragica jetzt umzieht.

»A so a Gschicht geht mit dir mit, des waas i aus Eafoarung«, sagt Rosina.

Kowarik zeigt dem braun gebrannten Auinger das Foto der Münze. Der vergleicht es mit seinen eigenen Fotos. Ja, das müsste eine aus der Sammlung seines Vaters sein, ganz sicher ist er aber nicht. Er hat sich nie für diese Münzen interessiert, sie eher gehasst, weil der Vater einen derartigen Aufwand damit getrieben hat, dass er sich immer vernachlässigt fühlte.

Kowarik ruft seinen burgenländischen Kollegen an. Jetzt muss alles offiziell gemacht werden. Er ist aufgeregt, kommt es doch noch zu einer Klärung in diesem vertrackten Mordfall?

Dass eine Aufklärung viel früher möglich gewesen wäre, hätte er nicht so verbissen aus purem Rassismus nur eine einzige Spur verfolgt – dieser Gedanke saust wie eine Sternschnuppe durch seinen Kopf und ist auch schon verglüht.

Agnes Meier, nunmehr Agnes Mandl, weil sie ihren ledigen Namen wieder angenommen hat, streitet noch immer ab, dass ihr eine Münzsammlung gestohlen wurde.

Aber warum hätte der Einbrecher das zugeben sollen?

Kowarik und ein burgenländischer Kollege verhören ihn in Eisenstadt, wo er in Untersuchungshaft sitzt. Er bestätigt seine Aussage. Ja, in dieses Haus haben sie auch eingebrochen und die Münzen mitgehen lassen. Sonst haben sie dort nichts Wertvolles gefunden.

Die Meier wird immer verdächtiger. Viele Stunden Verhör steht sie durch, immer alles abstreitend.

Kowarik liest noch einmal in den Akten. *Gegenüberstellung,* fällt ihm ein. Der alte Gruber müsste sie doch kennen, wenn sie am Mordtag in der Wohnung des Opfers war.

Die Gegenüberstellung wird inszeniert, Josef Gruber abgeholt und hergebracht.

»Jo«, sagt er, »des is de Polackin!«

Kowarik tobt, er gibt Gruber die Schuld an der Verschleppung der Mordaufklärung.

»Se oida … Se oida … Se san schuid, das des ollas so laung dauat hod, zeascht song S', de Putzfrau woas, daun song S', a Polackin … Se, des is Irreführung der Behörden!«

Leitner versucht ihn zu beruhigen. Er entschuldigt sich in Kowariks Namen beim Gruber.

»Jojo«, sagt der, »de Hitz hoit ned a jeda aus.«

Leitner fragt, warum Gruber immer gesagt habe, die Putzfrau sei eine Polin??

»Jo a soa auftakelte, gachblond Gfärbte, soichane Weiwa hoid i ollawaö fia Polackina!«

»Bitte«, sagt Leitner, »sagn S' Polin, weil so heißt das heutzutag.«

Als Gruber fort ist, meint Leitner: »A bissarl samma scho a söwa schuid.«

Er meint damit ausschließlich den Kowarik, der so lax ermittelt hat.

Kowarik antwortet mit einer Tirade auf die ausländischen Verbrecher.

»Wohea soi i denn wissn, dass des a Unsriche woa?«

Die Fingerabdrücke in der Tatwohnung sind die der Meier alias Mandl. Agnes Meier ist eine lupenreine Steirerin ohne auch nur den geringsten Verdacht auf Migrationshintergrund, sie hat früher viel im Grätzl geputzt, auch im Salon Renate.

Als sie dann den verwitweten Friseurmeister geheiratet hat, hat sie mit dem Putzen Schluss gemacht und ist als Friseurin aufgetreten, als Meistersgattin. Dabei hat sie diesen Beruf gar nicht gelernt, eigentlich hat sie überhaupt keinen Beruf gelernt.

Die Ehe mit dem alten Mann hat sie bald enttäuscht, sie hätte sich gerne scheiden lassen, aber dann wäre sie wieder ohne Wohnung und Geld dagestanden. Sie hätte sich höchstens so ein Loch bei dieser Elżbieta leisten können. Die hat sie wie das letzte Stück Dreck behandelt. Dafür hat sie ihr ihren Gschamsterer ausgespannt, den schönen Achmed. Lange hat das nicht gehalten, weil der an Luxus gewöhnt ist.

Die Idee, der alten Auinger ihr Geld zu stehlen, ist ihr erst eingeschossen, als die Frau Silvia krank war. Die Frau Silvia macht ja oft Hausbesuche bei den Damen, wenn sie nicht in den Salon kommen können. Und als sie krank gewesen ist, ist statt ihr eben Agnes Meier zur Frau Auinger gegangen. Früher hat sie bei ihr geputzt. Sie ist freundlich empfangen worden, hat Kaffee und Kuchen gekriegt, und geglaubt, sie kann das Geld nehmen, wenn die alte Frau aufs Klo geht.

Leider ist die Auinger aber gleich wieder herausgekommen, weil kein Klopapier drin war.

Da hat sie aber selber schon mit einer Schere die versperrte

Lade aufgemacht. Sofort ist die Alte mit einer Krücke auf sie losgegangen. Sie hat die Krücke abgewehrt, hat sie plötzlich in der Hand gehabt und zugeschlagen.

Wie oft, das weiß die Meier nicht mehr, viermal circa, sagt der Leitner. Die Krücke war im Schirmständer im Vorzimmer, gleich neben der Klotür.

Die Nachricht von der erfolgreichen Aufklärung des Ottakringer Raubmords wird sofort an die Medien weitergegeben.

Dragica will gerade in den Kleintransporter einsteigen, als Karin sie anruft und fragt, ob sie jetzt verhaftet sei. Im Radio hat sie gehört, dass sie die Mörderin gefasst haben. Die Putzfrau sei die Täterin.

Dragica lacht und weint zugleich. Sie hat es nicht im Radio gehört.

Auf dem Weg in den zweiten Bezirk rufen nacheinander viele ihrer Kundinnen an. Helga sagt, Dragica müsse jetzt mindestens zwei Tage lang auf der Thaliastraße und auf dem Brunnenmarkt spazieren gehen und alle Leute freundlich grüßen, damit die sich endlich von ihrer Unschuld überzeugen können. Karin meint, das sei eine gute Idee.

So gehen die zwei zwischen Ottakringer Straße und Thaliastraße spazieren, essen Eis, kaufen ein, grüßen und winken, und das Wunder geschieht: Einige, die sich im letzten halben Jahr immer abgewendet haben, grüßen wieder zurück.

GLOSSAR WIENERISCH-HOCHDEUTSCH

Seite 22: »Na wo samma denn gwesn?« → »Na wo sind wir denn gewesen?« (Das Polizei-Wir funktioniert wie das Arzt-Wir in: Wie geht's uns denn?)

Seite 24: »No, Gnädigste, samma ausgschlafen?« → »Na, gnädige Frau, sind wir ausgeschlafen?«

Seite 25: »San Se de Jowanowitsch Dragica? → »Sind Sie die Dragica Jovanovic?«

»Is eh besser, waun s' weg san.« → »Es ist eh besser, wenn sie weg sind.«

»Nana, se bleim do.« → »Nein, nein, Sie bleiben da.«

Seite 26: »Woastas?« → »Warst du es?«

»Gib's zua, du host de Oide umbrocht!« → »Gib es zu, du hast die Alte umgebracht!«

»Dua ned so.« → »Tu nicht so.«

»Du woastas!« → »Du warst es.«

»Gib's zua, du woastas, mia kenna eich Tschuschngsindl, gib's zua! Samma schnölla featich.« → »Gib es zu, du warst es, wir kennen euch Tschuschengesindel, gib es zu. Dann sind wir schneller fertig.«

Tschusch → Ein nach wie vor gebräuchliches Schimpfwort für Menschen, die vermeintlich oder tatsächlich aus Ex-Jugoslawien stammen.

Kieberer → Kriminalpolizist, Polizist in Zivil; nicht unbedingt ein Schimpfwort. (Zitat eines Kieberers: »Früher war ich in Uniform, dann habe ich die Weiterbildung zum Kieberer gemacht.«)

»Mia haum Beweise, gib's zua.« → »Wir haben Beweise, gib es zu.«

Seite 37: »Du warst es net, des wissma, du bist z' klan … Wer is dein Komplize, dein Haberer, budert er di?« → »Du warst es nicht, das wissen wir, du bist zu klein … Wer ist dein Komplize, dein Freund, schläfst du mit ihm?«

»Freind, Freind, von wem lasst di budern, du bist ja net amal a Tschuschin, du bist a Zigeinarin, und es Zegeinaweiwa, frage nicht!« → »Freund, Freund, mit wem gehst du ins Bett, du bist ja nicht einmal eine Tschuschin, du bist eine Zigeunerin, und ihr Zigeunerweiber, frage nicht!«

Seite 38: »Du und dei Sippschoft, zwa Briada, zwa Häfnbriada … Woas da Bruada? Frisch ausn Häfn und glei ane umbringa, ha? Ha? Woaras? Host eam aufgspeat? Host eam zagt, wo 's Göd is?« → »Du und deine Sippschaft, zwei Brüder, zwei Häfenbrüder (Häfn = Gefängnis) … War es der Bruder? Frisch aus dem Gefängnis und gleich eine umbringen? Ha? (wienerische Verstärkung einer Frage) War er es? Hast du ihm aufgesperrt? Hast du ihm gezeigt, wo das Geld ist?«

»De woas.« → »Die war es.«

Seite 40: Angeglurrt → Angestarrt

Kiebererin → Polizistin in Zivil

Seite 42: »Legen S' nieder.« → »Legen Sie nieder.« = Gestehen Sie.

»Samma a G'studierte?« → »Sind wir eine Akademikerin?«

»Des is guad, Krimifrauen, hobts des gheat? A Meadarin bei de Krimifrauen … Se schreim Krimis?« → »Das ist gut, habt ihr das gehört? Eine Mörderin bei den Krimifrauen … Sie schreiben Krimis?«

»Aso, Sie interessieren si, wia ma am besten wen umd Eckn bringt!« → »Ach so, Sie interessieren sich dafür, wie man jemanden am besten um die Ecke bringt!«

Seite 43: »Des mit'm Trinkn, des haumma mitkriagt.« → Das mit dem Trinken, das haben wir mitgekriegt.«

»Hean S'«, sagt er, »Se schreim do dauand iwas Bluad, des is a Beweis!« → »Hören Sie«, sagt er, »Sie schreiben da dauernd über das Blut, das ist ein Beweis!«

»An soichanan Bleezin howi nau nia nid ghead.« → »Einen solchen Blödsinn habe ich noch nie nicht gehört.« (Die doppelte Verneinung hebt die Verneinung nicht auf, sondern verstärkt sie.)

Seite 45: »I hob's nuamoi browiad med eam«, sagt Dragica, »owa is auf de Daua nix gwesn. Ea is hoid ka Gulasch.« → »Ich habe es noch einmal probiert mit ihm«, sagt Dragica, »aber es ist auf die Dauer nicht gut gegangen. Er ist halt kein Gulasch.«

»A aufgwaamde Beziehung«, sagt Kowarik, »is nix.« → »Eine aufgewärmte Beziehung«, sagt Kowarik, »ist nichts.«

Seite 48: »Geh, der woas ned, dea is gstopft.« → »Geh, der war es nicht, der ist reich.«

Nachwassern → Nachfragen, recherchieren

Seite 49: »Bitte i woa ned dabei, owa ma head jo ollas.« → »Bitte, ich war nicht dabei, aber man hört ja alles.«

Seite 53: »He Oida, host an Tschick?« → »He, Alter, hast du eine Zigarette?«

Seite 58: »Na vielleicht hean S' jo wos vo dera Putzfrau.« → »Na vielleicht hören Sie ja etwas von dieser Putzfrau.«

Blader Macho-Kieberer → Dicker frauenfeindlicher Polizist in Zivil

Wadlbeißer → Unangenehmer Mensch

Seite 60: Kukuruzacker → Maisfeld

Seite 61: Gschamsterer → Hausfreund

Seite 62: Sekkiert → Geärgert

Seite 64: »I bstö de her, i bin da Vuagsetzte!« → »Ich bestelle die her, ich bin der Vorgesetzte.«

Seite 67: »Des is a längere Gschicht«, sagt sie, »gemma wos trinken.« → »Das ist eine längere Geschichte«, sagt sie, »gehen wir etwas trinken.«

»De haum wos iwaseng.« → »Die haben etwas übersehen.«

»Imma gengans auf de Fraun los, und imma auf de Ausländarina, Deppen, i bin jo auf meine oidn Tog Feministin wuan.« → »Immer gehen sie auf die Frauen los, und immer auf die Ausländerinnen, Deppen, ich bin ja auf meine alten Tage noch Feministin geworden.«

Seite 68: »Des moch i a.« → »Das mache ich auch.«

Seite 69: Ausfratscheln → Intensiv ausfragen

Seite 72: »De woas ned, de hedads vagift, net darschlogn.« → »Die war es nicht, die hätte sie vergiftet, nicht erschlagen.«

»De kanntats a gwesn sein. De is in Berlin, kenntat jo a Flucht a sein, oder net?« → »Die könnte es auch gewesen sein. Die ist in Berlin, das könnte ja eine Flucht sein, oder nicht?«

»Iwahaupt«, sagt er, »vü zvü Weiwa im Gspüü.« → »Überhaupt«, sagt er, »viel zu viele Weiber im Spiel.«

Seite 73: »Jez muassa mid mia allanich zfriedn sei und i mid eam.« → »Jetzt muss er mit mir alleine zufrieden sein und ich mit ihm.«

»Eich junga Fraun heitzutoch geez guad.« → »Euch jungen Frauen heutzutage geht es gut.«

Seite 74: »Owa wia kumbdn des wieda aussa ausn Kombjuta?« → »Aber wie kommt das wieder heraus aus dem Computer?«

»Drauf trink ma.« → »Darauf trinken wir.«

Seite 78: »Ned amol ignorieren.« → »Nicht einmal ignorieren.« = Ausdruck besonderer Verachtung

»Loss mas.« → »Lassen wir das.«

Seite 81: »Wia des hoid is bei eich Tschuschn …« → »Wie das eben so ist bei euch Tschuschen …«

Seite 84: »Haum Se gsogt, Ina Frau, Frau Helga?« → »Haben Sie gesagt, Ihre Frau, Frau Helga?«

»Schmäh, oda?« → Schmäh = besonderer Wiener Scherz

Seite 89: »Na die lange, dürre, gachblonde Polackin war's!« → »Na die lange, dürre, hellblond gefärbte Polin war es.«

»Des hodma grod no gföd.« → »Das hat mir gerade noch gefehlt.«

Seite 94: »Na, do kriag i Leis im Mong.« → »Nein, da kriege ich Läuse im Magen.«

»Wos woin S' wissn vo mia, Hea Inschpekta?« → »Was wollen Sie von mir wissen, Herr Inspektor?«

»I bin ka Inschpekta.« → »Ich bin kein Inspektor.«

Seite 95: »Oba sicher.« → »Aber sicher.« (Kann auch das Gegenteil bedeuten.)

»Jo, des waasi eh, hobi domois scho gseng.« → »Ja, das weiß ich eh, das habe ich damals schon gesehen.«

Seite 104: »A Scheidung am Foschingdienstoch, woss ned ois gibt.« → »Eine Scheidung am Faschingdienstag, was es nicht alles gibt.«

»Ehebruch, des kenan S' beichtn, uns interessiert des ned.« → »Ehebruch, das können Sie beichten, uns interessiert das nicht.«

Seite 105: »Nau waun Se so schnöö oaweitn wia S' redn, Frau Kollegin«, sagt er, »weamma des jo boid wissen.« → »Na wenn Sie so schnell arbeiten, wie Sie reden, Frau Kollegin«, sagt er, »werden wird das ja bald wissen.«

Seite 106: »Es pressiert eh ned.« → »Es ist nicht eilig.«

Seite 108: »Und haums den Meada scho?« → »Und haben sie den Mörder schon?«

»Schludrich san de«, sagt Rosina, »i glaub, i geh hin, de kenna jo de oame Frau ned dauand vafoing, des geht ned, scho weng de Kinda geht des ned.« → »Schlampig sind die«, sagt Rosina, »ich glaube, ich gehe hin, die können ja die arme Frau nicht dauernd verfolgen, das geht nicht, schon wegen der Kinder geht das nicht.«

»A so a Gschicht geht mit dir mit, des waas i aus Eafoarung.« → »Eine solche Geschichte geht mit dir mit, das weiß ich aus Erfahrung.«

Seite 110: »Jo«, sagt er, »des is de Polackin!« → »Ja«, sagt er, »das ist die Polin!«

»Se oida ... Se oida ... Se san schuid, das des ollas so laung dauat hod, zeascht song S', de Putzfrau woas, daun song S', a Polackin ... Se, des is Irreführung der Behörden!« → »Sie alter ... Sie alter ... Sie sind schuld, dass das alles so lange gedauert hat, zuerst sagen Sie, die Putzfrau war es, dann sagen Sie, eine Polin ... Sie, das ist Irreführung der Behörden!«

»Jojo«, sagt der, »de Hitz hoit ned a jeda aus.« → »Jaja«, sagt der, »die Hitze hält nicht jeder aus.«

»Jo a soa auftakelte, gachblond Gfärbte, soichane Weiwa hoid i ollawaö fia Polackina!« → »Ja so eine aufgetakelte, hellblond Gefärbte, solche Weiber halte ich immer für Polinnen!«

»A bissarl samma scho a söwa schuid.« → »Ein bisschen sind wir schon auch selber schuld.«

»Wohea soi i denn wissn, dass des a Unsriche woa?« → »Woher soll ich denn wissen, dass das eine Einheimische war?«

Gedruckt mit freundlicher Unterstützung durch

Umschlag: Boutique Brutal, www.boutiquebrutal.com
Druck und Bindung: finidr.cz

A–1080 Wien, Wickenburggasse 21/1–2

www.milena-verlag.at
ISBN 978-3-903184-50-3